Apresentação:

Eu, *Carlos Ribeiro*, um criminalista de coração e alma, fui descoberto por acaso, surgi pelas contingências da vida, que poucas delas se explicam.

Como um "frustrado aviador", minha profissão de escolha lá no início da vida adulta, quando fui reprovado no exame de vista, por falta de opção ou vontade, me deixei levar a cursar Administração de Empresas, sem a menor paixão.

Formado, fui administrador, empresário e busquei no campo próprio minha colocação.

Depois de vários empregos, tornei-me empresário, aí sim, a frustação foi ainda maior – empresário compelido a fechar sua empresa, na época com muitas dívidas e sem um rumo pra tomar na vida – o que fazer a partir de então? - não sabia, mas vida empresarial nunca mais, foi a decisão tomada.

Foi aí que, incentivado por um de meus grandes amores, entrei na Faculdade de Direito e, com muito custo e sacrifício, cheguei à tão almejada Carteira da Ordem - no primeiro momento, de estagiário.

Juramento feito, e como tal, foi então que o destino, conspiração do universo, intercedência dos céus ou um de seus residentes, estagiei na Defensoria Pública – a instituição que me apresentou as necessidades dos "assistidos", cidadãos de última classe – *"denunciados ou condenados por algum crime"*.

Depois de formado e com a Carteira da Ordem em mãos, estava resolvido, advogar, minha nova profissão, esta sim, escolhida por mim, já na terceira e tão prazerosa idade – nunca me vi nessa idade.

Para a sociedade, estando os "assistidos" intramuros, é o que importa – problema social resolvido - não estarão mais pelas ruas e calçadas do bairro.

Acometido pelo "vírus" da Defensoria, após o término do estágio, já estava apto, não completamente pronto no conhecimento, mas estava pronto para enfrentar e lutar contra todas as desigualdades enfrentadas por quem não usa colarinho, seja de qual cor for, e é tido como "gente do mal", por parte da sociedade que se declara como "gente do bem"!

E, seguindo nesta vida de criminalista, eterno aprendiz, de repente, em um certo e belo dia, uma borboleta atravessou minha a sala, num voo alegre e faceiro, seu sorriso daquele dia não esqueço, ficou gravado.

Deste dia em diante, o criminalista juntou-se ao que lhe faltava – uma paixão para, além do direito, romantizar sua luta.

Espero que apreciem a leitura, e ao fim, entendam o que move este criminalista, hoje apaixonado criminalista, que não deixa de acreditar que a luta pela justiça é imperiosa, em qualquer campo da atividade humana, e que, com uma paixão ardendo no peito, tirando o fôlego, te ofuscando a vista, te iluminando o caminho, sabido árduo para quem ama, vale a vida a ser vivida.

Carlos Ribeiro – SP
08/06/22

Agradecimentos:

Sem deixar de agradecer quem aqui não foi citado, mas que representou muito nessa obra, agradeço muito à borboleta que fez surgir um besouro, além de criminalista, um apaixonado.

"A felicidade existe e devemos buscá-la incansavelmente; após encontrá-la, se apegue a ela, viva por ela e agradeça ao universo, devolvendo a ele toda sua alegria"

Carlos Ribeiro, **17/06/22**

Índice das Cartas

1. Ela ressurgiu do tempo!

Tal discrepância poderia até causar estranheza, mas, após o alerta de Eduardo Galeano[1], tudo fica claro.
"Somos todos iguais perante a lei. Perante que lei? Perante a lei divina? Perante a lei terrena, a igualdade se desiguala o tempo todo e em todas as partes, porque o poder tem o costume de sentar-se num dos pratos da balança da justiça".

Ela ressurgiu, quase que um segundo após minha leitura.

Nos veio com um pedido e entendemos que poderia ser útil.

Marcado o encontro, ela surgiu, com jeito de menina, uma mulher, mas sua figura era de menina.

Foi quando eu a vi pela primeira vez, agora, nesse tempo.

---

[1] GALEANO, Eduardo. De pernas pro ar: a escola do mundo ao avesso. Porto Alegre, RS: L&PM Editores, 2010. p. 207)

Sentada aguardando para ser ouvida, sua figura me alegrou de pronto, sem explicação aparente, foi no primeiro momento.

Não deveria ser eu, mas fui eu a ouvi-la pela primeira vez.

Sentou-se em minha frente, senti um momento de devaneio, senti que ela representava algo que eu não podia, até então, explicar.

Sua presença me alegrou, seu sorriso me alegrou, seus gestos, seu olhar.

Não entendia, mas estava enebriado com sua presença.

Foi-me contando suas experiências, sua formação, mas eu não registrava, sentia ela de outra forma – a sensação foi de reencontro, *déjà vu*.

A conversa foi se desenvolvendo, mas eu já havia decidido, desde o primeiro momento que a vi.

Sim, vamos contar com sua colaboração.

Eu estava decidido, não a deixaria ir embora sem antes confirmar que ela voltaria, como voltou.

Hoje é presença quase que diária – vem dia sim, outro não, dependendo da necessidade de seu trabalho – nesses tempos, o trabalho em *home office* é quase que o normal – não gosto, quero que venha todos os dias, mas entendo, e sinto sua ausência quando não vem.

Mas o que é isso, qual sentimento, qual magia ela me causou desde o primeiro encontro, ainda lá sentada, aguardando ser atendida?

Me questiono, todos os dias, de onde vem essa vontade de vê-la sempre?

Gosto de sua presença, sinto sua ausência.

Aí, reconheço, sem muito esforço, que a desejo – como mulher, como pode?

Não entendo, aparência de menina, mas hoje ela é uma mulher que eu desejo!

Foi então, por mais louca que seja minha interpretação, (dirão que é impossível), mas eu a conheço de tempos passados (algum lugar do passado).

Ela ressurgiu, depois de muitos anos, na minha frente, querendo participar como colaboradora, para me reencontrar.

É a presença da mulher que outrora eu tenha conhecido, me envolvido, e que não tenha vivido o quanto deveríamos, e agora ela reaparece bem na minha frente, depois de um segundo de leitura de uma mensagem?

Começo a acreditar que sim, ela já passou pela minha vida, não cumprimos o que estava estabelecido, e agora ela reaparece.

De qual tempo? Que mulher é essa que, outrora, não finalizamos nossos destinos?

O que houve com ela, foi-se muito cedo, e agora retorna e vem bem a minha frente para me mostrar que está aqui?

Bobagem? Esclerose? Delírios?

Não, definitivamente, não.

Sim, ela eu já conheci e, de alguma forma nos envolvemos no passado, será possível? - faço as contas, sim! É possível.

Reencarnou e hoje, por destino ou pela conspiração do universo, ressurgiu bem na minha frente - sua presença me alegra, seu sorriso, seu olhar, tudo nela me alegra.

Sinto um carinho enorme, acredito que devo protegê-la, mas de quê? De quem?

Mas, qual o quê, sei que não é possível reviver algo que não foi plenamente vivido no passado, tenho vivido uma frustação.

Ela nem imagina o que se passa comigo – seu tempo será outro? Será que um dia ela se recordará?

Não sei.

Fica a esperança de que um dia, quiçá, algo aconteça, ou façamos acontecer, para entender essa minha "ligação" com essa menina, mulher, que sinto falta em sua ausência e me alegra sua presença.

30/01/22

2. O Besouro e a borboleta[2]!

*"A PRESUNÇÃO DE INOCÊNCIA NÃO MAIS ORIENTA BOA PARTE DE NOSSOS DOUTRINADORES, JULGADORES E LEGISLADORES, QUE PREFEREM SEMPRE A OPÇÃO DE SE ACELERAR A PUNIÇÃO, ENCURTANDO O PROCESSO, MESMO QUE SEM CULPA FORMADA DE MODO DEFINITIVO." A dura realidade é apontada pelo ministro **Sebastião Reis Jr.**, integrante da 6ª turma do STJ, responsável por julgamentos de matéria Penal.[3]*

Eles viviam na floresta tropical, cada qual em sua vida de façanhas e alegrias.

---

[2] **Sua alegria, meus cuidados!**

[3] https://www.migalhas.com.br/quentes/324921/presuncao-de-inocencia-nao-mais-orienta-operadores-do-direito-adverte-ministro-sebastiao-reis?U=C8080EA0_918&utm_source=informativo&utm_medium=949&utm_campaign=949 **acesso 17/04/20**

Ele, já com mais experiência de vida, se dedicava à vida de ajudar os menos favorecidos, os que eram injustamente punidos pelos atos que, na floresta, era condenável, prejudicava a vida em comum e expunha a floresta e seus habitantes à desarmonia em que viviam.

Ele não apoiava os que tinham essa conduta, defendia que eles fossem julgados de forma justa, dentro dos limites impostos a todos os moradores da floresta.

Ela, por sua vez, menos experiente, jovem, levava a vida a apreciar as experiências que se lhe apresentavam, bebendo da sabedoria dos demais viventes da floresta, mas, como jovem, tinha que a vida é feita para ser feliz.

Voava de lado a lado da floresta, livre, alegre, juvenil e espalhando alegrias.

Assim, cada qual, vivia sua vida com visões distintas, mas tinham algo em comum: buscavam, inconscientemente, suas referências da razão de viver, seu complemento da razão de viver, suas paixões, seus destinos, seu amor sincero e justo.

Os tempos iam passando e eles vivendo e experimentando suas oportunidades concedidas pelo Ser maior, nessa floresta que foi determinada como o palco de suas vidas.

Foi quando, num certo dia, por destino, por conspiração do universo, por determinação que já seria por eles conhecida (mas esquecida), se cruzaram em um galho de uma goiabeira.

A manhã estava bonita, um pouco de brisa e o sol iluminando e aquecendo sem incomodar.

Ele chegara ao galho escalando a árvore, subindo de passo a passo, e quando no galho, observava a vida da floresta, com toda beleza, seus habitantes que passavam de um lado para o outro, em suas vidas agitadas, definidas, de organização e, por vezes, desajustadas.

Ele gostava de observar a vida passando lá embaixo, a correria da floresta e a alegria que todos demonstravam em suas funções para a vida em sociedade florestal.

Ela, pela benção de voar, ia e vinha, de cantos em cantos da floresta, vivendo livre e cheia de vida.

Foi quando, sem avisar que estava chegando, ela pousou no mesmo galho, sem saber que lá estaria o besouro.

Sua imagem, sua figura, era a representação da beleza que havia na floresta.

Delicada, sorridente, pousou e sua beleza logo chamou a atenção do pensativo e observador besouro, agora seu companheiro de galho.

Ele se admirou de sua beleza, de sua graça reluzente, leveza em mover suas asas, tão coloridas, mas se petrificou – não queria espantá-la, desejou de pronto que ela ali ficasse e ele pudesse conhecê-la.

Pensou em apresentar-se, mas permaneceu imóvel – não queria afastá-la, não queria que ela voasse.

Se conheceram assim, ele encantado com ela, ela sem notar o seu vizinho de galho, batendo suas belas asas, despreocupada.

Não foi a beleza, beleza evidente, que o encantou, mas algo nela o apaixonou no primeiro momento – ela nada notou.

Ele a admirava, ela batia as asas, quase que se mostrando pela sua beleza, beleza tímida, jovem, mas bela!

Aí, em um rompante de coragem, ele lhe deu bom dia, como vai, vem sempre aqui?

Que pergunta mais banal e antiquada, o que ele imaginava, ("vem sempre aqui?", coisa do "tempo do onça"), que ela sentiria sua vontade de não a afastar e conhecê-la?

Supreendentemente ela lhe sorriu, fulminou-o com seu olhar, e respondeu à pergunta como se fosse uma pergunta agradável de ser respondida:

- Não, acho que nunca pousei aqui, mas o lugar é agradável, a vista é bonita, a vida da floresta lá embaixo, estou gostando!

Surpreso, sentiu alívio por ela não lhe ter dado um bota-fora.

- Que bom, eu venho sempre, como você disse, a visão aqui é bonita e podemos observar o mundo da floresta se movimentando, sempre tem algo de interessante para apreciar.

- É, você tem razão, acho que virei mais vezes.

- Qual seu nome?

- Borboleta, e você?

- Besouro, que bom conhecê-la, é um prazer.

Ele sabia que ela era especial, desde o pouso mexeu com seu coração, com seus sentimentos, mas não entendia até então a razão de seu deslumbramento.

- Obrigada, é um prazer também.

Ele sorriu.

E assim, foram horas de boa conversa, ele inebriado com a borboleta, tão jovem e bela, tão apaixonante sem qualquer razão que ele pudesse entender, até então.

Não era só a beleza e juventude, era alguma coisa a mais.

Ela contava suas experiências, suas façanhas de jovem borboleta, ele falava de suas experiências vividas, mais vividas que ela, mas estavam se entendendo e se conhecendo – ele estava feliz, muito feliz com ela ali, tão perto de sua alegria.

Após uma boa conversa, ela disse que iria.

Ele não queria viver sua ausência – sua presença o agradava muito, não entendia a razão, mas se pudesse, pediria para ela ficar mais – mas não pediu, não queria espantá-la, queria que ela voltasse.

Se despediram, e ela se foi, num voo leve e harmonioso, ele ficou lá, no galho, pensativo, triste já pela ausência da jovem borboleta, vendo-a sumir de sua vista.

Que bobagem, rapidamente caiu em si e refletiu:

Com posso imaginar que ela voltará? Que ela apreciou o encontro como ele apreciou? Que ela tenha sentido o mínimo de prazer para querer revê-lo?

- Besouro, você é muito bobo, reprendeu-se a si mesmo, dizendo em voz alta!

Ela jovem, cheio de vida, você velho, no outono da vida, ela é primavera!

Mas, ao fim, para que permanecesse vivo, acreditou em seus instintos, afinal, ele sentia, não era coisa que soubesse.

Ela vai voltar, vai me entender, me aceitar, me querer rever, se inebriar por ele, vai querer viver ao seu lado, vamos viver experiências de amor e paixão esquecidas, já vividas em algum lugar do passado, se reencontraram, são íntimos, são luzes que reapareceram na floresta tropical, besouro e borboleta, inacreditável par, são a revelação da existência do amor eterno, sempre revividos, de tempos em tempos.

É a revelação do Ser superior, que a todos dá a vida para serem vivida como fruto de amor e experiências.

Ela vai voltar, ele sabe que ela voltará.

Ele olha para baixo, a multidão de um lado para o outro, caminham sem notarem o besouro no galho logo acima, enamorado, aguardando sua borboleta voltar e encher o espaço de alegria, novamente.

05/02/22

3. A gente, com a idade, vai ficando besta!

Nos últimos 20 anos, a Comissão vem dedicando especial atenção às condições deploráveis de detenção que caracterizam as instituições de privação de liberdade no Brasil, que, além dos sérios riscos à vida e à integridade das pessoas privadas de liberdade, constituem per se situações de tratamento cruel, desumano e degradante.[4]

Passa a acreditar em sonhos, mais que na realidade, são nossos devaneios.

Será por quê?

Bem, tenho uma explicação bem simples:

Queremos que seja verdade! Acreditamos que pode se realizar!

Passamos a acreditar até em sonhos de difícil realização, mas para que servem os sonhos senão para nos fazer a gente correr atrás deles?

---

[4] CIDH, *Observaciones Preliminares de la Visita in loco de la CIDH a Brasil*, 12 de novembro de 2018. Ver também:
Informe del Relator Especial sobre la tortura y otros tratos o penas crueles, inhumanos o degradantes, Informe sobre misión a Brasil del 3 al 14 de agosto de 2015, A/HRC/57/Add.4, 29 de janeiro de 2016, parágrafo 113.

Sonhos são para te levarem em frente, te dar força e ânimo, esperança, são para admirar um arco-íris e acreditar que é o símbolo de uma aliança com Deus.

Pois bem, haja vista nossa longa passagem por esta vida, passamos a acreditar que os sonhos são, na maior parte das vezes, realizáveis; seja por ordem do cosmo, por Deus que nos prove ou por nossas atitudes.

Foram tantos sonhos realizados, algumas desilusões (preferimos esquecer), mas estamos aqui, firmes e fortes, continuando a viver e sonhar.

É isso, seguimos em frente, sonhando e realizando.

Vejamos:

O primeiro sonho, que na prática poderia não se realizar, veja-se a expectativa de vida há uns anos atrás, 30, 40 anos, era chegar até aqui – e chegamos!

Podemos computar como uma grande vitória, afinal, além dos tantos anos vividos, que até aqui não foram poucos, recentemente passamos incólumes por essa pandemia que assola o planeta nos últimos dois ou três anos.

Tantos outros:

Ter filhos, tive dois maravilhosos, são queridos e seguem suas vidas com altives e realizações, cada qual ao seu tempo.

Tornar-me advogado, depois de tantos anos numa vida empresarial, cheia de tropeços (esses foram muitos), e, agora, apaixonado pelo Direito, advogo bem, sei que tenho sucesso, não só pela experiência que se vai adquirindo, como pela visão que tenho do Direito – na área cível, vale-me muito a experiência da vida, em seus tão distintos aspectos.

Na área criminal, além do conhecimento pelos estudos (apaixonado estuda muito e com prazer), passei pela Defensoria, grande instituição que me deu o rumo do fundamento da dignidade da pessoa humana.

Livros, já escrevi dois, quando poderia imaginar, dois livros com edições no Brasil e em Portugal, com meu tema favorito, direitos dos encarcerados.

Árvore, não posso afirmar peremptoriamente, (desculpe, cacoete de advogado), mas acho que já plantei, sim!

Agora, no outono da vida, apaixonar-se por uma borboleta que é a primavera?

Não é possível, é loucura!

Mas, como disse, a gente com a idade, vai ficando besta!

No entanto, peço vênias (olha o advogado de novo), vou seguir assim, acreditando em sonhos, que sim, podem ser realizados, com a ajuda do cosmo, do destino, dos deuses, do meu esforço, da sorte, seja lá o que for preciso, enfim, besta, mas feliz na esperança de ver a borboleta pousando no meu galho, sorrindo, batendo as asas e compartilhando comigo dessa loucura de sonho!

Loucura e delícia!

Loucura e felicidade!

Loucura e fazer direito!

Loucura, na verdade, só não é boa se não acreditar em sonhos!

Sonhe, seja feliz!

07/02/22

4. 10 de dezembro

"A pior ditadura é a ditadura do Poder Judiciário. Contra ela, não há a quem recorrer".[5]

O dia foi chuvoso, gosto muito da chuva!

Lava o mundo, os animais se divertem, as plantas se saciam, branda a eventual seca nos rincões castigados

Lava indiscriminadamente, não escolhe raça, cor, religião ou ideologias

A chuva não discrimina

Fim da tarde, cessam-se as águas abençoadas, o vento se acalma, descansa.

Foi quando, no céu limpo e tranquilo ele surge, grande, cores vivas, brilha, vem o arco-íris, tão lindo.

---

[5] https://www.pensador.com/frase/MTM5NDg2NA/

É a mensagem de Deus aos homens, de seu compromisso de não mais fazer chover 40 dias e 40 noites, destruindo tudo e todos, salvo Noé e os seus escolhidos!

No entanto, a saberia popular é criativa, imaginativa, e criou a lenda que ao pé do arco-íris, há um grande tesouro!

Aos crédulos, uma grande verdade, buscada por muitos.

Não soube ainda de alguém que tenha encontrado e resgatado o tal tesouro, mas eu, confesso, mesmo sem buscar, encontrei.

No dia 10 de dezembro, nas condições descritas acima, surgiu um lindo arco-íris, lindo, colorido forte, cores brilhantes e claras, acredito que o mais lindo que já vi.

Lembrei da promessa de Deus, há um pacto entre Deus e nós, bastando acreditar na bondade divina.

Mas não me lembrei do dilúvio como referência, me veio a promessa que Deus provê, cuida, ama os seres humanos, filhos feitos à sua imagem.

Foi no dia 10 de dezembro, o tesouro não estava no fim do arco-íris, me apareceu, linda, meiga, menina, que sorriso delicioso!

Agradeço o arco-íris deste dia.

11/02/22

5. A certeza da incerteza!

"O fim do direito é a paz, e o meio para atingi-lo é a luta. Enquanto o direito precisar estar pronto ante a agressão da injustiça, o que ocorrerá enquanto existir o mundo, não poderá ele se poupar da luta. A vida do direito é luta, uma luta dos povos, do poder do Estado, das classes, dos indivíduos.[6]"

Dia marcado da entrevista, ela estava atrasada, não muito, mas se atrasou.

Ela chegou, de mansinho, sentou-se, aguardou, foi chamada e ele a entrevistou.

Sem explicação, ele a reconheceu – ela, por seu lado, sentiu que algo de estranho estava acontecendo – não entendeu.

Houve um reconhecimento mútuo, a empatia foi imediata, o que estava acontecendo não sabiam.

Conversaram, nada foi dito sobre o que sentiam, viam, entendiam em parte, mas nada disseram.

---

[6] Ihering, Rudolf von – A luta pelo direito, 2 ed. São Paulo> Edipro, 2019, pg. 25

A conversa terminou, ficou acertado que ela retornaria.

Qual a razão desse (re) encontro?

Não explicaram, não entendiam, eles ainda não têm explicação.

Só sentem que há algo para ser explicado, vivido, revivido, a empatia foi imediata, isso perceberam.

Os dias foram passando, a convivência natural acontecendo, trabalho, colegas de trabalho, ela se envolvendo com a nova área do direito, não havia militado nessa nova área, mas estava gostando, a prendendo, se desenvolvendo – já conseguia atender a demanda trabalhista, passou a entrevistar os clientes, relatório, cálculos, enfim, uma peça inicial – petição inicial trabalhista, ela sentindo que poderia seguir, como eles acreditavam, ela evoluindo, sua primeira inicial protocolada, houve até comemoração.

O carinho dele por ela só aumentava – chegou a presenteá-la, sem qualquer motivo, comprou um presente para ela – escolheu com carinho.

Havia uma ligação, ainda sem esclarecimento, mas havia uma ligação entre eles.

O mais provável é que era atemporal.

A insegurança, a incerteza do que realmente estava acontecendo o perturbava – ela não demonstrava nenhuma reação sobre o que, aparentemente, estava acontecendo, ela estava feliz com seus novos desafios, ele estava envolvido demais, seus sentimentos o enganavam, o perturbavam, mas sua convivência com ela era, na verdade, muito prazerosa – mas as incertezas o perturbam.

O amor incerto é uma gangorra, sobe, desce, não se sustenta em nenhuma posição, faz de quem a usa, dependente de quem está na outra ponta.

Ele acredita que tem o tempo, razão de solução de muitas dúvidas, a seu favor, quiçá em favor dos dois, em que pese o prolongamento das incertezas dele – mas nada a fazer, ele não pode revelar a ela seus sentimentos, seus medos, sua ansiedade por descobrir – ela não entenderia, sua juventude não lhe permitir achar que possa existir uma relação, um reencontro, um encontro com ele.

Ele quer abraçá-la, beijá-la, amá-la, pelo tempo que ainda lhe resta – ele quer cuidar dela, presenteá-la, levá-la a lugares bonitos e não conhecidos, nem visitados.

Ele quer entregar-lhe o mundo que puder entregá-la.

Ele quer a felicidade dela ao seu lado.

Quer admirá-la dormindo, acordando, brincando de "o mundo de faz-de-conta", ele quer vê-la feliz, apenas feliz, mas ao seu lado – daí suas incertezas – conseguirá que ela descubra, por si, que ela pode ser feliz ao lado dele, sem tirar-lhe sua individualidade, sem influenciar em suas opções, sem tomá-la para si – partilhar, compartilhar, dois se transformando em um só, em um par, perfeito enquanto durar.

Mas ele não pode dizer tudo isso a ela, daí, sozinho, sonha e escreve para ela – isso à sua aproximada, quase sente sua presença – mas é só sonho.

Até quando? Ele não sabe a resposta – aguarda que um dia, um lindo e feliz dia, eles se reencontrem, como já se encontraram – bastaria reviver o que ele sabe, isso sabe, viveram muitas emoções.

13/02/22

6. Se hoje fosse amanhã!

"Realmente soa paradoxal que o Estado Brasileiro, dispensando tratamento desumano e degradante e descumprindo sistematicamente os direitos das pessoas presas, possa deles exigir o cumprimento de deveres[7]."

Se hoje fosse amanhã,

Te abraçaria, te beijaria e te amaria!

Não te deixaria ir, te deixaria livre!

Estaria ao seu lado, a cada minutos, sentindo sua presença.

Você estaria protegida, de todo mal que eu pudesse deter.

Com alegria, te daria colo, te embalaria na hora de dormir.

Te faria carícias, imporia minhas mãos e sentirias a força.

Te contaria uma história de final feliz, te faria sorrir!

---

[7] ROIG, Rodrigo Duque Estrada. **Execução penal:** teoria crítica. 4. ed. São Paulo: Saraiva Educação, 2018, p. 197

Te cuidaria, estaria contigo sempre que precisasse.

Não te deixaria tropeçar, não te deixaria cair.

De teus machucados, cuidaria eu, e somente eu.

Te faria feliz, uma felicidade que não sabes ainda.

Se fosse, hoje eu estaria feliz.

Eu sentiria seu sorriso, seus lábios.

Esses olhos negros, meigos, carinhosos, gosto deles.

Seu corpo eu sentiria bem perto, seu calor, seu cheiro!

Eu saberia que nos encontramos, faz tempo, mas estaríamos aqui e agora.

Se hoje fosse amanhã, te contaria tudo que sei, tudo que aprendi.

Te ouviria com prazer, gostaria de ouvi-la, saberia de ti.

Me contaria suas alegrias, suas desilusões e eu te acalmaria em meus braços.

Se fosse hoje, saberia de todo amor, carinho, desejo e como sou feliz.

Por conhecê-la, por tê-la nos braços, nos abraços, nos beijos, no calor de corpos.

Se fosse hoje!

Mas sei que será amanhã, e saberei que terei tudo que tive hoje.

Gosto de ti, hoje, amanhã, enquanto tiver folego e ar para respirar!

E não acabou nem nunca acabará.

Sou eu e você, somos estrelas no céu do universo!

14/02/22

7. Salto no escuro

"AQUELE QUE FAZ DE SI UM VERME, NÃO PODE LAMENTAR-SE SE É PISOTEADO[8]"

Essa experiência é um salto no escuro, abismo abaixo!

Salta-se sem saber se haverá salvação, mas deve se saltar!

Poderá haver uma rede, poderá sair voando, planar, mas poderá também chegar ao fundo e fim, não havia socorro.

Mas, na situação que ele se via, não parou para raciocinar, seu coração, seu instinto, sua alma lhe levaram a saltar – saltar ou desistir de acreditar que a vida é presente de Deus e deve ser vivida, intensamente, na busca de ser feliz.

Saltou com a esperança que o risco compense, saltou com a fé de alcançar seus superpoderes, saltou sabendo que para ele o que importava era alcançá-la!

---

[8] Kant, *Metaphysiche Anfangsgrunde der Tugendlehre*, 2.ed., Kreuznach, 1800, p. 133

Não tinha outra opção – saltar ou ficar sem saber se teria podido ter voado, planado, salvo por uma rede, salvo de qualquer forma e atingido seu destino, seu desejo, alcançado sua borboleta!

Saltou acreditando em alguma força superior, ou não, que fosse da natureza humana e feminina, que se lhe permitiria abraçá-la, beijá-la e amá-la, como em nenhum momento outro igual tivesse tido em sua vivência.

A sensação, quase já sentida, de desfrutar, de viver, de se lambuzar do amor que seria vivido, *"eterno enquanto dure"*, não lhe permitiu ter outra opção que não, saltar, saltou!

E ainda cai, voa, plana, ela não sabe, ainda não chegou a nenhuma rede, nem ao fundo, mas está feliz, saltar foi a solução certa para quem quer, a toda força de seu coração, saber amar e ser amado.

08/03/22

8. Como conquistar uma mulher especial!

"A Convenção Americana de Direitos Humanos, em seu artigo 5, destaca que a finalidade essencial das penas privativas de liberdade deve ser a reforma e a readaptação social dos condenados".[9]

Não pense que te vou ensinar o dom de conquistar uma mulher, ou qualquer mulher, isso você já deve saber e deve ter vivido muitas vezes.

Vamos falar de conquistar uma **mulher especial**, aquela que você quer conquistar, mas ela ainda não sabe disso, ou, ao menos, não imagina.

Sabe aquela mulher dos teus sonhos (ocultos), passa na tua frente, senta-se no banco do ônibus ao seu lado, está na mesma fila do banco, enfim, pode até ser uma colega de trabalho que almoça com você sempre, é para conquistar aquela mulher que você olha, vê, e seus olhos não se movem mais, só a seguem.

---

[9] ORGANIZAÇÃO DOS ESTADOS AMERICANOS, 1969.

Pois bem, é desta conquista que vamos falar.

Ah, nem te passe pela cabeça se ela tem compromisso ou não, nem leve isso em conta, não é fator nem a favor nem contra, deixe para lá, é neutro ser ela casada, noiva ou namorada – não esquenta!

Bem, vamos aos passos a serem seguidos:

Primeiramente, por óbvio, tem que saber o nome de seu alvo, vamos lá, isso não é difícil e você não precisa de lições.

Então, com o nome em mãos, vamos lá, o que eu acho o mais importante: descobrir (vale perguntar) o endereço dela – sem isso, pode ir parando por aqui – não poderei te ajudar – se for conhecida, isso é fácil.

Bem, com o nome o endereço, vamos lá, agora começa:

No primeiro dia – sua corrida para o sucesso – compre uma caixa de chocolates, toda mulher adora chocolate e é um presente que tem um ar de "delícia", entendeu, subliminarmente ela vai captando sua mensagem.

Ah, não esqueça de enviar junto um bilhete, nem muito romântico, nem muito "amizade" – diga algo como "para adoçar seu dia", "um doce para um doce", tipo assim, nada melodramático.

Dia seguinte, você a encontra, ela agradece e diz que foi muito gentil.

Pois bem, deixe passar um ou dois dias – mas não desista – rumo ao seu sucesso, força!

Mais um ou dois dias, mande, já em um ar mais romântico, um buquê de flores – nem pense em rosas vermelhas, calma, ainda não é hora – não esqueça o cartão, mais romântico, menos amizade – não exagere.

Novamente, ao encontrá-la, um "obrigado" - não espere muito ainda, estamos no início.

Mais um ou dois dias, uma joia, nada de exagerar – um anel, um brinco, pode ser de ouro, depende de sua condição financeira, mas nada de brilhante – brilhante é para o dia especial, logo chegará esse dia, tenha calma.

Deixe passar mais um ou dois dias, um carro! – Sim, exatamente isto – um carro – pode ser popular, não precisa ter ar-condicionado ou *airbag*, só um carro – novo, claro.

E ela, como se mostrou no dia seguinte? – Nada? Não te disse nada?

Vamos lá, coragem, perseverança, vamos seguir – imagine seu sucesso logo ali, dias à frente, siga firme.

Bem, vamos agora ao golpe fatal:

Compre duas passagens de avião, primeira classe, de preferência Air France, (o serviço de bordo é ótimo), com destino a Paris, Paris, cidade luz.

E mais, reserve uma suíte no *"Grand Hôtel Du Palais Royal"*, próximo ao Museu do Louvre, centro de Paris, e mande uma mensagem ao serviço de quarto para que, no dia de sua chegada, providencie uma *Veuve Clicqout*, gelada em balde de gelo, duas taças de cristal da *Bohemia*, morangos frescos em uma bandeja de prata e seis *"Truffes du Jour"* sortidas, pronto!

Mande tudo bem detalhado para ela, e verá no dia seguinte.

Nada de ansiedade, relaxa, tome um bom banho, e aguarde o dia seguinte.

Levante-se cedo, faça uma caminhada, um bom banho refrescante, faça a barba bem-feita – nada de cortes no rosto (pega mal corte no rosto ao barbear-se) e vá ao encontro dela.

Ela chega, com aquele carro que você deu – nota que usa o brinco – e um sorriso ela te apresenta – pronto, você gela a barriga, mariposas rondam sua mente, suspira e ela diz:

"- Ótimo pacote de viagens, minha mãe e meu pai vão adorar – obrigado, você é muito gentil".

Olha se foi essa a resposta que você não queria ouvir, mas foi a que recebeu, tenho um detalhe para te dizer:

Mulher não tem preço, não se conquista (doce ilusão) – você tem que ter a sorte de ser o escolhido!

Com carro, joias ou viagens, nada disso importa àquela mulher que você elegeu especial – se ela for mesmo especial, é ela quem escolhe, não é você quem conquista!

Boa sorte se forem a Paris!

08/03/22

9. Foi um sonho, acordei!

"Realmente soa paradoxal que o Estado Brasileiro, dispensando tratamento desumano e degradante e descumprindo sistematicamente os direitos das pessoas presas, possa deles exigir o cumprimento de deveres[10]."

Como todo sonho, vivi a experiência de ser real.

Não notei que se apresentava como uma vida que era a que eu queria viver, e não a vida que se apresentava para ser vivida – o coração prega peças.

Mas mesmo assim, insisti em sonhar, causava alegria e prazer.

E, como todo bom sonho que não se quer dele acordar, era real, o sonho era real, como acredita todo sonhador.

Num belo dia, sem ser marcado, ela apareceu e mudou, por um certo tempo, a minha realidade – isso foi real, ou era um sonho?

---

[10] ROIG, Rodrigo Duque Estrada. **Execução penal:** teoria crítica. 4. ed. São Paulo: Saraiva Educação,
2018, p. 197

Sua presença foi real, não um sonho, mas em meus sonhos, sua presença causava muito prazer e a esperança de uma vida nova, cheia de amor – isso no sonho, não na vida real, se confundiam as coisas – sonho e realidade.

E agora, acordado, não me desfaço da alegria, ela continua presente, certo de que não como no sonho, gente, como é bom sonhar!

Mas sonho é só sonho!

Ainda me alegro, a realidade do sonho ainda me influencia, mas não como no sonho, agora entendo que vivo a vida real, oh realidade! cruel às vezes!

Quando inspirado pelos sonhos, acordado, escrevi longos pensamentos que relatavam meus sonhos vividos em realidade (paralela) como reais.

Falei de borboleta atravessando minha sala, sonhos incontidos de prazer, sonhei com 10 de dezembro, com arco-íris, sonhei e escrevi sobre o encontro de um besouro com uma borboleta – eram meus sonhos relatados em pensamentos que pareciam reais, vivos, mas em meus sonhos, tão somente.

Hoje, frente à realidade, sinto a falta do tudo quanto sonhado, falta dos sonhos inspirados pelo amor e pela paixão, por crenças de reencontros, vividos em sonhos, e, como sonhos, cabe qualquer imaginação ou ilusão.

No entanto, não me desculpo pelos sonhos, sonhos são autorizados e vividos por quem ama, por quem tem amor latente em seu espírito – sonhos são somente sonhos, mas fazem, por vezes, bem para nossa realidade.

Não me desculpo, agradeço.

Foram só uns sonhos, lindos e apaixonantes sonhos, mas acordei.

17/03/22

10.   Deuses do Olimpo

Nas palavras de Roberto Lyra, "O JUIZ CRIMINAL APAGA OU ACENDE A LÂMPADA DO DESTINO, ATRIBUI A GRAÇA OU A DESGRAÇA"[11]

Deuses do Olimpo, ajudai-me nesta questão que não tenho a resposta, faz sofrer o coração e grita a razão contra ele.

Quem devo ouvir?

De um lado, meu coração ama, sofre e insiste, clamo por Afrodite!

Do lado oposto, aos berros, minha razão me faz acreditar que estou doido, caminhando na movediça, e que devo esquecer, quero escutá-la, Atena, filha de Zeus!

Convoco as duas em meu socorro, que não tardem, o assunto é sério e precisa de uma solução imediata, sem tardar!

---

[11] LYRA, Roberto. Direito penal normativo. Rio de Janeiro: José Konfino, 1975.

Pobre mortal, que na vivência terrena de anos já deveria saber a resposta, já deveria saber quem escutar, e digo para mim mesmo - para que cesse a dúvida e a sofreguidão, ouça sua razão, razão é equilíbrio, é a sua vida toda de experiências e lições aprendidas que podem te levar à calma, à mansidão da sabedoria, à paz de quem entende as dores da vida.

Ouvir o coração é sofrer antes, pela dúvida, é sofrer depois pela certeza, qual seja, o amor é instável, fugaz, prazer enquanto dure, sexo enquanto vivo, mas traz junto, como não deixa de ser, o tempo, sua validade, minimamente duradouro até que a morte os separe, e separa!

Deusa Atena, nascida de um ato espúrio, por clamor de Zeus, protetora dos poetas e filósofos, quero escutá-la, crédulo em sua imensa sabedoria, dona do discernimento, do certo e do errado, traz sua sentença, sua lição a quem pede, estou próximo de desviar-me da razão.

Deusa Afrodite, nascida do sangue, deusa do amor e do sexo, eternamente adorada pelos que creem no coração, creem no amor, eterno enquanto dure, na paixão que queima, vem e traga em minha defesa os argumentos que me façam acreditar no amor, mais que na razão, pobre de mim, mero mortal que sofre por esse amor!

De pronto, chega primeiro a Atena, por certo, a razão é sempre mais rápida e afobada quando se trata de temas a ela relacionados – quer sempre se adiantar e fazer o que acha certo – veio cheia de razão:

"- Negativo, se afaste, seja consciente que o que está querendo não vai acontecer, você não tem nenhuma chance.... blá, blá, blá" – não parava de falar.

- Espere, Atena, posso chamá-la assim, sem formalidades?

- Então, você acha que tem alguma chance de isso ir em frente, claro que não, deixa de ser tolo, pense com a sua consciência, não acha que está bem crescido para ficar na dúvida? – E tem mais, veja bem, olhe bem a sua idade e a dela – acha possível ela se interessar por "um velho"? Mais ainda, vai tirando seu cavalinho da chuva, provavelmente ela já está em outra – jovens adoram não perder tempo.

Por todos os deuses do Monte Olimpo, Zeus, pai de Atena, me ajude!

Nesse momento, como eu havia clamado por Afrodite, ela se aproximou, falando calma e pausadamente:

"- Oh, filho da terra, pobres mortais! Por que me chamas para ajudá-lo naquilo que seu coração sabe bem o que deve ser feito?"

Num primeiro momento, deixei de olhar para Atena, toda apressada e destrambelhada em me deixar sem palavras – e ela, por instantes, não era mais vista – sei que disse verdades, é deusa da sabedoria, mas podia ser mais compreensiva – não precisava vir toda altiva e certa de que sua sabedoria lhe dava o respaldo para, sumariamente, ditar o que devo saber ou fazer – como mortais, somos falíveis e sensíveis, mesmo que não seja o racional na vista da deusa Atena.

Já Afrodite, chegou com gentileza, quase pedindo licença, e, carinhosamente, foi me questionando – não veio, como a outra, determinando, veio querendo saber o que aflige um pobre mortal que sente a presença de um sentimento divino, ela sabe que eu estou prestes a me entregar ao amor que chama – entende os riscos, mas tem que sopesar para decidir.

"- Então, pelo visto estou diante de um homem apaixonado que não sabe se cultiva esse amor ou, como quer fazer sua razão, desconsidera, enterra, deixa de lado e segue sua vida – acredita mesmo que tal decisão é possível?"

"- Vou te falar sobre o amor." - completou Afrodite, sentando-se ao meu lado e pegando em minha mão, delicadamente.

Nesse mesmo instante, Atena reapareceu, pedindo a palavra e logo, sem mesmo aguardar por qualquer autorização, saiu em disparada:

"- Quer dizer que ele agora se classifica como "simples mortal", sujeito à fragilidade? – Ora Afrodite, deixe ele comigo – você não é afeita à praticidade da razão – seus encantos e crenças são em cor-de-rosa, perfume de jasmim, eu sou a deusa dos heróis e filósofos, portanto, não venha com sua sutileza de amor e sexo, não vai ajudá-lo – a solução é simples – seja racional, esquece essa bobagem e siga em frente – volte ao seu trabalho."

- Ei, não me contive – você já falou tudo o que devia e a que veio – deixe-me ouvir Afrodite, por favor, não interrompa! - e fiquei aguardando a pancada que viria, certamente viria!

Nada, ela quedou-se silente, não disse mais uma palavra – deu sua vez à Afrodite, que ainda segurava minhas mãos.

Por isso que o amor e o sexo são divinos, a razão é terrena!

Ouvindo a Afrodite, suas palavras soaram divinas, próprias dos deuses!

"– Caro desassossegado, seu coração hoje está apertado – sei como o amor atinge esse órgão - vocês imaginam que se trata de um órgão de seu corpo, afinal dói nele – mas não é, vou lhe explicar!"

Eu estava calmo, parecia que eu a conhecia há tempos – sua fisionomia me parecia conhecida, mas não relevei, passei a escutá-la.

"- Realmente, não é possível se imaginar, como pensam os mortais, que uma dor de amor possa se dar em um órgão físico – sei que aparentemente é ele que dói, mas não é possível – amor é um sentimento nobre, envolve todo o seu corpo, te faz embrulhar o estômago se tens uma notícia em relação ao seu ente amado, te faz sentir calafrios com a proximidade do encontro,   excita quando juntos, próximos e quando se beijam – não, reafirmo, não é dor de coração, é algo que te envolve por completo, inclusive sua razão, seu raciocínio, sua intuição, sua inspiração – não é tão somente um sentimento – amor é algo divino que não foi revelado aos seres humanos – as plantas bem sabem, os animais o reconhecem".

Suas palavras soavam calmas e doces, pausadas – sua expressão permanecia transmitindo paz, de sua mão na minha vinha uma vibração, fraca, muito fraca, sua voz me envolvia e tocava fundo.

Recomeçou pausadamente, me olhando nos olhos:

"- Você sofre hoje de uma indecisão em relação ao que se passa em seu "coração" e seu julgamento pela razão – fato vivido há séculos pelos mortais!

Não é um fato novo, já interferimos, eu e Atena, muitas vezes, repetidamente, porque a vocês não foi permitido saber, por hora, equilibrar entre a razão e o sentimento, forte e perturbante, que se passa por todo seus órgãos, não só no coração.

Com o chamado dos deuses, vocês, mortais e ignorantes sobre seus sentimentos, esperam que possamos ajudá-los a resolver entre a razão e a emoção – não fazemos isto – a decisão foi delega a vocês, mortais.

Se interferíssemos, as consequências seriam a nós, do Olimpo, imputadas e isso não é correto – Zeus não permitiria que fossemos assim julgados".

Parou por um instante, senti em seus olhos o carinho que ela me dispensava.

Eu começava a entender onde ela iria chegar – a decisão é minha, a livre iniciativa delegada a nós mortais não permitiria que ela, ou mesmo Atena, me desse a solução para meus questionamentos – pedi a ela que eu queria falar - ela me consentiu com um simples olhar:

- Afrodite, deusa do amor e do sexo!

Ia iniciar Atena surgiu, sentou-se próxima a nós, sua aparência já não era de uma deusa direta e incisiva – chegou transformada – estava calma e seu olhar era de carinho – completei:

- Afrodite, deusa do amor e do sexo, Atena, deusa da sabedoria:

- Entendi, me perdoem – chamá-las e ouvi-las para depois decidir o que fazer seria transferir a vocês o direito e dever que é só meu – não devia tê-lo feito.

Agradeço que tenham respondiam ao meu chamado, mas, já entendi e cheguei, por mim, a uma decisão.

- Minha razão sabe que é um salto no escuro, um salto em um abismo sem medir as consequências – não devo fazer – não devo saltar – tive a oportunidade de vivenciar, por inúmeras vezes, a experiência sublime de compartilhar o amor com a pessoa amada – fui agraciado pelos céus com a possibilidade de vivenciar essas experiências – agora entendo.

- Meu coração, aliás, como aprendi hoje, todo meu corpo foi envolvido na incrível sensação do amor, do desejo – não vou negar nem deixar de viver essa sensação de prazer – mas hoje, por tudo que a razão me permitiu saber, será um prazer só meu – não me cabe dividir com a pessoa amada que está em outro momento de sua vida – estamos em momentos muito diferentes - dividimos o tempo e o lugar, mas não o mesmo momento.

- Agradeço muito que tenham vindo ao meu socorro, mas não é socorro que eu preciso – reconheço que me ensinaram que devo decidir pela razão juntamente com o coração, e, como não há possibilidade de dividirmos o mesmo momento, devo aproveitar o amor e ser feliz pela simples possibilidade de senti-lo, nessa altura da minha vida.

Quando eu ainda terminava de falar, deixei de vê-las – desapareceram, mas restou no ar um perfume leve e agradável de flores.

Nunca identifiquei de quais flores.

24/03/22

11.   Um presente para "borboleta"!

"Tão certo é que a paisagem depende do ponto de vista, e que o melhor modo de apreciar o chicote é ter-lhe o cabo na mão"[12].

Sou eu o mais feliz, não ela que vai receber o presente.

Que satisfação em ir, embaixo de chuva forte, ao shopping, junto com a Dri.

Resolvemos que hoje iríamos ao shopping para comprar o presente de aniversário da "borboleta", que ansiedade para ir comprar.

Marcados para às 11h00, foi quando a chuva, torrencial, resolveu testar minha determinação – não teve como, eu estava certo de que hoje seria presenteado com o prazer de comprar o seu presente.

---

[12] Assis, Machado de, 1839-1908 – Quincas Borba – 4.ed. São Paulo, Martin Claret, 2012 – pg.45

Interessante como nos alegramos com o prazer de dar um presente – um presente já escolhido há tempos, pensado, cuidado, teria que ser descoberto qual lhe agradaria, qual seu gosto, tudo ficou à cargo da Dri – ela conseguiu e fiquei sabendo que deveria ser uma "melissa", cor discreta, número 36 – e nada de salto, que bom que ela não gosta de salto alto – mostra sua meninice.

Na hora combinada, chuva, mas veja bem, não uma chuvinha, veio uma chuva que iniciou o alagamento da avenida à nossa frente – a Dri já estava querendo "fugir" do compromisso – mas eu sabia que tinha que ser hoje, não aguentaria mais um dia.

- Ok, façamos o seguinte: - Eu pego o carro e subo na calçada – aí você entra sem molhar seus pés, ok?

Claro que ela aceitou, nada de molhar os pés.

Eu, ao contrário, pisei na avenida meio alagada e um dos pés ensopou – não me incomodou, estava indo comprar um presente de aniversário para a "borboleta", para mim bastava a alegria!

Bem, alegres e felizes, estávamos também com fome - seguimos, de "baixo d'água" para as compras e um bom almoço.

Lá chegando, estacionamos e adentramos.

– *"Vamos almoçar"?* perguntou a Dri.

Não, vamos logo comprar o presente, respondi - imagino que eu estava com sorriso de criança em compras de Natal.

- Boa tarde, gostaria de uma "melissa", tem que ser de cor discreta, rasteirinha e número 36, quais modelos você tem?

Aí que me enganei, nada de "rasteirinha", pela minha ignorância pedi errado, é sapatilha – isso, é esse modelo mesmo, com a jovem me indicando um par.

Foi quando a Dri deu uma muito dentro:

- Essa aqui – me veio com uma sapatilha, cor discreta e que tinha uma borboleta pregada na ponta – de pronto achei linda, a sapatilha também era bonita e a cor eu gostei.

- Jovem, é essa, quero o número 36 – capricha no pacote senão eu não vou pagar, brinquei.

Naquele momento, senti a alegria que descrevi acima – a alegria de poder presentear alguém que te é caro, alguém que você gosta de verdade - esse presente é uma manifestação de carinho, não estou presenteando por obrigação social, não esse não, é por gostar muito e ter muito carinho pela "borboleta".

Mas não ficou só na sapatilha com borboleta.

Eu sempre achei a bolsinha que ela usa não muito bonita – na verdade acho que é cisma, não sei o motivo, mas gostaria de presenteá-la com uma bolsa dessas que vejo pela loja.

-Acha que é exagero, Dri?

- É, eu acho, me respondeu ela o que eu não queria.

Daí, com todos os Santos em meu socorro, fui salvo pela vendedora:

- Olha, aqui fazemos combo, veja esses, sapatilhas com bolsas combinando!

Olhei para Dri - e então, acha muito?

- É, sem muita confiança e convencimento, ela me ajudou: - "acho legal".

Foi o que bastou – eu feliz: – moça, vou levar o combo, quero essa bolsa aqui.

O combo ficou bem bonito, gostei muito das duas peças.

- Ah, tem também esse chaveiro em promoção, não quer escolher um?

- Claro, eu disse! Vejo uma rosa vermelha junto com uma folha verde – é da Bela e a Fera, disse a boa vendedora - pode ser tanta coincidência?

A Dri também merece uma – dou-lhe um chaveiro também da Bela e a Fera!

Vem a conta, pago feliz sem olhar o valor.

É para a "borboleta", presente de aniversário, não tem preço.

Saímos da loja, eu parecendo carregar uma joia – o presente da "borboleta", e a Dri, com seu chaveiro da Bela e a Fera, também feliz – agradeci muito a ela pela força e parceria – um amigo é pro outro!

Fomos almoçar, estava achando tudo colorido, que bobo, só um presente de aniversário, mas me contagiou, me alegrou, senti um desses momentos da vida em que sabemos o que significa felicidade!

Bem, voltamos a rotina do escritório, muito trabalho, o presente coloquei na mesa dela – amanhã ela vem e vai encontrá-lo – espero que goste e fique feliz pelo meu carinho.

É só um presente de aniversário para uma "borboleta", mas para mim é muito mais – desde que comecei a idealizar, passando pela espera da compra, a chuva forte na ida ao shopping, a escolha do que levar – a sapatilha, a bolsa e o chaveiro, o pacote bem-feito, a espera para que ela o encontre e espero que se alegre pelo presente, é mais, muito mais que um presente que comprei, são momentos de felicidade que vivi.

Feliz aniversário, para mim, "borboleta"!

31/03/22

12.   Meu Amor Platônico!

A não aplicação da lei por meio de subterfúgios, transformando-a em letra morta, que fica apenas no papel "para inglês ver", é a mais completa negação do que se conceitua com Estado de Direito. É, pelo contrário, o reconhecimento de que a lei pouco importa, podendo ser aplicada ou não, segundo a vontade e a conveniência dos poderosos".[13]

O amor que vivo é o "idealizado, o desejado, o que se aparenta como o ideal".

Na concepção e interpretação clássica, que repudio e contesto, chega ao absurdo de ser definido como o amor sublime, não correspondido e assexuado.

Podre e esdrúxula interpretação das definições de Platão.

---

[13] Eduardo Secchi Munhoz, Os grandes julgamentos da História/Organização José Roberto de Castro Neves – 1.ed. Rio de Janeiro – Nova Fronteira, 2018, pg. 537

Como poderia o grande pensador cometer a mácula de idealizar que um amor, sublime sentimento, que é inerente ao ser humano, independentemente de sua condição física ou intelectual, contemplar que esse amor abriria mão da sexualidade pelos amantes, como poderia, amor que foi definido como ideal e sublime.

No "mundo ideal", que podemos definir como o mundo em que gostaríamos de pertencer, bastaria amar e ser correspondido para vivenciar o amor em sua plenitude, sem carinhos, afetos, cuidados e, ao fim, abrir mão da experiência divina do êxtase?

Um grande amor platônico, como no caso, é para ser vivido, cultivado, amadurecido e apreciado em sua plenitude, não aceito vive-lo em parte.

Não me venham com a falácia que o amor idealizado e idealmente sublime pode ser adjetivado como necessariamente assexuado, posto que, por princípio, tal adjetivação perece no berço da definição, afronta o quanto dito e definido pelo pensador.

Meu amor por ela, ainda que esteja, até o momento aparentemente não correspondido, não é vivido pela metade ou por parte do seu todo – é platônico, posto que sublime, é idealizado, posto que sentido em plenitude, e é, necessariamente, além do dever de cuidado, de carinho, de proteção, de encantamento, é intenso em sua sexualidade – corpos que, se encontrando, merecem a sublime, sim, a sublime experiência da contemplação dos prazeres trocados e vividos.

Eu a amo, platônica, sublime e sexualmente, não abro mão – nos exatos termos apresentados na definição de Platão, posto sublime e idealizado, é, por definição, sexuado.

08/04/22.

13.   O amor incondicional

"O amor é paciente, o amor é bondoso. Não inveja, não se vangloria, não se orgulha. Não maltrata, não procura seus interesses, não se ira facilmente, não guarda rancor. O amor não se alegra com a injustiça, mas se alegra com a verdade. Tudo sofre, tudo crê, tudo espera, tudo suporta[14]."

O amor, palavra curta, usual, falada e escrita de forma, por vezes, banal.

Mas não só pela banalidade de seu uso, aprendemos sobre o amor, mais ainda, pelo amor incondicional.

Não importa, aprendemos desde cedo, por lições e exemplos de nosso Senhor, Jesus Cristo, que o amor é universal.

---

[14] Primeira Coríntios, capítulo 13, do versículo 4 ao 7 – Bíblia Sagrada.

Está presente entre todos os seres, criados à Sua imagem, e mais, entre tudo e todos que habitam, compartilham, vivem, apenas existem, em nosso tão sofrido e desprestigiado planeta Terra, nosso lar temporário.

O amor existe, apesar de tudo.

Entre todos é possível e divino – homens por homens, mulher por mulher, velhos por jovens, jovens por velhos, casais, não importa, amem-se.

Entre pais e filhos, entre amantes, homem e mulher, mulher e mulher, homem e homem, avós e netos, enfim, independentemente de sexo, religião, crença política, pobres e ricos, brancos e negros.

E, destarte, todo amor é um dom divino, compartilhado, oferecido, retribuído ou não, é divino e de fácil envolvimento.

Não pedimos para amar alguém ou qualquer coisa, nem mesmo para sermos amados – o amor é espontâneo, é onipresente, atemporal, vem, se aloja em você e em todos que ele, por si, resolve envolver, e basta – está instalado e com ele vem todo tipo de sentimentos – desejo, carinho, proteção, proximidade, querência de todos os tipos – você foi pego pelo amor.

Não lute contra, não sofra por ele, apenas aceite – você foi premiado com o maior dos dons - amar e ser amado, ou apenas amar.

Todos, indiscriminadamente, se amem o quanto for de suas forças, não desperdice essa dádiva – se ela lhe foi dada, por vezes por merecimento, por vezes pelo aprendizado necessário, aproveite e ame muito.

O amor não é sofrimento, é doar-se inteiramente e receber (se for o caso) uma energia motriz, que te levará sempre para frente, para o crescimento.

Homens, mulheres, se amor lhe chegar, amem incondicionalmente – não importa idade, sexo, religião, cerdo, crença, idade, raça, cor, altura, peso, ou qualquer outro adjetivo que você queira sopesar.

Amem incondicionalmente, e, ao fim, a vida lhe foi dada e que teve a dádiva e vir com o suplemento do amor.

Resumo o amor como a maior alegria, nas palavras de Espinosa, potência de agir, na lição de Aristóteles, a felicidade é o pleno desabrochar de quem vive.

A você, que hoje me lê, te digo: eu te amo – e mais, amo ela, ele, aquele outro, aquela outra, todos e tudo – isso é possível, mas, se o amor te indicar alguém em especial, como a mim, ame incondicionalmente.

Ei, você, que ainda não sabe, ou se sabe ainda não me revelou que sabe, ou se não sabe mesmo, mas ainda vai saber, ou se souber ainda assim não vai me revelar, ou se sabe, mas você não sabe que já sabe, bem, seja como for, eu te amo, incondicionalmente!

09/04/22

14.   Senhor, me dê sabedoria

Portanto, quando a lei se expressa universalmente e surge um caso que não é abrangido pela declaração universal, é justo, uma vez que o legislador falhou e errou por excesso de simplicidade, corrigir a omissão — em outras palavras, dizer o que o próprio legislador teria dito se estivesse presente, e que teria incluído na lei se tivesse conhecimento do caso. **Aristóteles (Ética a Nicômaco)**[15]

Senhor, como seu filho amado e feito à Vossa semelhança, me dê forças para esquecer o que devo esquecer,

Paciência de esperar o que não é para ser esquecido,

E sabedoria para entender e distinguir o que deve ser feito.

Os pensamentos veem e vão, sempre me trazendo a imagem dela, sorridente, pensativa, me olhando com dúvidas, ou será que de curiosidade?

---

[15] RECURSO ESPECIAL Nº 1.785.383 - SP (2018/0327183-5) - RELATOR: MINISTRO ROGERIO SCHIETTI CRUZ

Tento chegar a uma conclusão, mas dia sim, dia não, e as conclusões são conflitantes, dai-me sabedoria, Senhor!

Penso que não é possível e viável que possa, nas condições de cada um envolvido, que haja uma possibilidade de relacionamento, de envolvimento, de harmonização de sentimentos, troca de carinhos, atenção, relação e afetos.

Penso que há a possibilidade, como dois adultos, de, em que seja pesada a diferença de tempo, a diferença de expectativas, a diferença de momento vivido, que o sentimento que pode ser compartilhado seja superior, dominante, vencedor na busca dos desejos de ambos.

Entre um e outro, resta a dúvida de esquecer ou esperançar pela possibilidade.

Peço, Senhor, discernimento para encontrar a resposta que aflige, dia a dia, pelos pensamentos opostos que podem vir a serem convergentes.

A vontade de abraçar, de beijar, de amar, estar por perto o mais que seja possível, embriaga meu sentido da razão, por isso te peço, Senhor, me aponte um caminho que eu possa estar seguro que, abrindo mão do sentido oposto, eu não siga pela estrada errada que pode, eventualmente, me deixar sem sentir o quanto quero sentir, me fazer de estar, o quanto quero estar, de não experimentar o quanto desejo tocar, cheirar, sentir o calor e textura da pele, o sabor dos lábios, o prazer de dividir o prazer mútuo e no mesmo, mínimo que seja, de tempo.

Senhor, ela despertou em mim um poeta, um escritor, que há tempos deveria ter iniciado com mais intensidade suas letras.

Senhor, ela despertou em mim a vontade de amar e saber ser amado, mesmo sem saber se o é, não importa, amar é um ato voluntário e por vezes solitário – não importa, o sentimento de amar trás junto o estado de flutuar da alma, se perder no campo de flores e sentir o perfume, atravessar o oceano sem se molhar, encontra-se com si, na mais íntima composição.

Senhor, me dê a sabedoria para atravessar essa porta – que do outro lado eu encontre o que deve ser vivido por mim – de forma a me preparar para viver, seja com, seja sem, mas seguir a vida.

O que pode acontecer, o que deve acontecer é de conhecimento do Senhor – Senhor me aponte, me mande um sinal, me mande uma borboleta ou um besouro, te peço, sabedoria e entendimento para aceitar.

Peço, Senhor, o quanto antes, mas no seu tempo, o sinal!

Pai, abençoe todos nós, amém!

02/04/22

15.   Um velho marujo.

Von Lizst já dizia, no final do século 19, que "como são atualmente aplicadas, elas [prisões] não corrigem, não intimidam nem põem o delinquente fora do estado de prejudicar, e, pelo contrário, muitas vezes encaminham definitivamente para o crime o delinquente novel."[16]

Como um velho marujo, nessa altura da vida, passei a ouvir sereias, acreditar em monstros do mar, e ter a certeza de que posso vencê-los!

As sereias me encantam, os monstros me fortalecem.

Como um marujo do velho mar que por muitos mares já navegou, através de calmarias, vendavais, tempestades invencíveis, enfrentei e venci.

Como um tolo, passei a acreditar no destino, na conspiração do universo a favor de quem a ele envia mensagens de amor.

---

[16] VON LISZT, Franz. TRATADO DE DIREITO PENAL ALEMÃO. Trad. José Hygino Duarte Pereira, Rio de Janeiro: F. Briguiet & C., 1899, p.113

Como um tolo, nessa altura da vida, passei a acreditar ser possível um novo amor, trazido pelo destino, pelas conspirações do universo.

Como um marujo experiente, vivido, cansado, mas que ainda enfrenta os mares, amo por amar, amo pela beleza da amada, pelo seu sorriso, amo sem me atrever a duvidar de sua retribuição.

Me faço de tolo, como um marujo velho, e sonho.

Não, pedi licença para te amar, não acho que deveria e que não precisava – amar é doar-se, entregar-se cegamente aos braços dele.

Mais que os monstros enfrentados nessas longas viagens pelos mares, muitos por vezes desconhecidos, enfrentar a dúvida do amor não se compara – os monstros são visíveis e te encaram de frente, o amor é cauteloso, vai se achegando, se instala e quando você se dá conta, te toma por inteiro, o amor não pede licença para de te retirar toda força de resistência.

Segue assim, este velho marujo, ainda navegando, ainda obedecendo seus sentimentos, independente da racionalidade.

Segue pelos quatro cantos do mundo, trazendo em letras suas aventuras.

A ti, para quem envio estas palavras, se for para perdoar, perdoa este velho marujo sonhador, se for por acreditar, sorria, você é amada, se for para ignorar, saiba que para este velho marujo, não importa – viver é preciso, navegar é preciso, enfrentar os mares é preciso, e ele, com o coração valente, vai seguir acreditando que é mais feliz quem ama.

11/04/22

## 16.	É uma lagartixa, cor-de-rosa.

Rui Barbosa, no final do século XIX, mencionava julgado inglês que afirmava sobre a INDEPENDÊNCIA JUDICIAL: *"não é em proteção e benefício dos juízes dolosos e corrompidos que se estabeleceu esta norma jurídica: é em proveito do público, interessado em que os juízes se sintam em liberdade de exercer as suas funções com desassombro e sem receio das consequências"*[17]

Eles, após o atendimento a uma cliente em plena Sexta-Feira Santa, foram almoçar.

A "borboleta" também estava presente, e, convidada para almoçarem juntos, ela não aceitou – tinha já almoço marcado com sua família.

---

[17] Barbosa, Rui. NOVUM CRIMEN: O Crime de Hermenêutica. IN: Obras Completa de Rui Barbosa, VOL. XXIII – 1896. Tomo III. Posse de Direitos Pessoais. O Júri e a Independência da Magistratura; Ministério da Educação e Cultura; Fundação Casa de Rui Barbosa; Rio de Janeiro, 1976, p. 227-306.

Depois da palestra na OAB, foi a primeira vez que se viram – mesmo ele tendo encaminhado o seu e-book para ela, com a observação de que ela lesse em especial a crônica *"o besouro e a borboleta"*, ela nada comentou – não agradeceu, não disse palavra sobre suas crônicas – ele aguardava um comentário que não houve.

O atendimento foi relativamente breve, um caso de revoltar-se – filho executando a mãe para que ela desocupe a casa que ficou de herança – para ele, impensável um filho executar sua própria mãe.

Após o atendimento, haviam combinado irem almoçar.

Frustrado, foram só os dois à padaria, almoço próximo ao escritório, afinal ele queria voltar logo para casa – dia de descanso, aberta a exceção em razão da única possibilidade de comparecimento da cliente, residente em São Paulo.

A comida foi boa, não pediram sobremesa – foram direto ao caixa pagar.

Como sempre, a Dri inventa história – no caixa gostou de um brinquedinho, foi o que lhe pareceu, de borracha, agradável contato com as mãos e bonito – ele foi inspirado a comprar um também – sempre pensando na borboleta, comprou uma lagartixa, linda, molenga, de contato agradável, cor-de-rosa.

Ele não consegue deixá-la para trás – se a Dri vai ter um, ele quer que ela também tenha.

Deixado no escritório, foi logo, já sentindo a entrega da lembrança, subindo e carinhosamente colocando a "lagartixa cor-de-rosa" em cima do note da sua amada.

Saiu sentindo a alegria de agradá-la, mais uma vez.

No entanto, passado um dia, reconsiderou – não, não vou dar, vai ficar para mim mesmo, deixá-la em cima da na minha mesa – lembrança que talvez ela não esteja merecendo – suas dúvidas rondando seu coração, apertando, razão repensando.

Hoje me dei uma lagartixa cor-de-rosa.

Mas me durou um dia, somente.

No dia seguinte, pensando em sua borboleta, não resistiu – comprou para ela, e por ela.

Deixou justamente em cima do notebook dela – foi pra ela.

Não tomo jeito!

16/04/22

17.   Mentira deslavada!

"Mas o ser humano é tão apaixonado pelo sistema e pela conclusão abstrata, que é capaz de fazer-se cego e surdo para justificar sua lógica"(Dostoievski)

Hoje eu menti, deslavadamente, menti.

Pode, nessa altura da vida, um homem mentir?

Eu posso, tanto que menti.

Me aproveitei da licença poética, nas palavras do querido escritor e dramaturgo Ariano Suassuna, *"o poeta e o escritor podem mentir, o cientista não, mas o escritor pode mentir"*.

No púlpito, falando para dezenas de pessoas, jovens advogados, convidados, madrinhas e padrinhos, minhas colegas, para ela, eu menti deslavadamente.

Não que eu quisesse, não queria, mas fui obrigado a mentir.

Por dois motivos, aparentemente justificadores, mas a decisão de mentir foi por um, o mais importante deles, protegê-la, minha amada "borboleta", por ela eu menti.

Por ela faço até mentir.

O segundo motivo, guardo comigo, é pessoal.

Na apresentação de meu e-book, para diversas pessoas menti ao justificar a crônica mais verdadeira, mais querida, mais escrita pelos sentimentos que pela poesia – "o besouro e a borboleta"!

Relato o encontro do besouro, sentado em um galho de goiabeira, que vê chegar a jovem borboleta – ela pousa no mesmo galho, linda, colorida, alegre, a visão da alegria para o besouro, no outono de sua vida – ela é a primavera! No mesmo instante em que ela pousa e se faz vista pelo besouro, ele sente seu coração palpitar, acelerar e a reconhecer – ele já a conhecia, tem a certeza que é a visão de um *"Déjà Vu"*, ela reapareceu, ressurgiu, se reapresentou, ela e ele, já se envolveram, já se conheceram, viveram um grande amor no passado, ele está certo como certo está o dia nascer, o sol surgir, a lua brilhar eufórica em noites de luar.

Mas ela não, ela não tem a mesma sensação, para frustração do besouro, a borboleta bate suas asas, alegre e feliz, sem o perceber.

Ele encantado, sem entender sua reação e revelação, não quer que ela se vá, e para que ela não se vá, ele não diz nada, não se aproxima, mantem-se inerte.

Até que, num rompante sem precedente, ele a cumprimenta, lhe dá bom dia e é correspondido – ela sorri, o coração dele quase para, e ela diz carinhosamente, "Bom Dia!".

A partir daí levam a diante uma alegre conversa, até que ela diz que se vai – ele sofre ao saber que perderá sua presença – não quer que ela se vá, mas assente, não quer espantá-la – quer que ela volte um dia.

Mas no púlpito, o poeta menti – cria que é uma licença poética – nega a todos a verdade, a verdade que ela é sua borboleta por quem ele, inconsequentemente, se apaixonou no dia em que a viu.

Eu menti, deslavadamente, menti.

Para protegê-la, para que ela não voe e não volte, para que ele mantenha sua vã esperança, para que ela continue alegre, para que os céus deem um jeito de que ela, mesmo voando, um dia ainda volte.

Eu menti, não deveria, mas faria de novo, por ela até minto.

Até quando, não sei e não me interessa saber – hoje vivo na alegria e na esperança dela.

Quero, um dia que seja logo aí, reescrever, "a borboleta e o besouro"

16/04/22

18.   Um presente de Deus

"Geralmente são pessoas da periferia, malvestidas, em locais de risco ou até onde há certa criminalidade, mas que nem por isso perdem a titularidade de direitos protegidos pela Constituição[18]".

Você já recebeu um presente de Deus?

Lutamos, batalhamos, brigamos, trabalhamos, sonhamos, imaginamos, sempre esperando alcançar algum sonho.

A vida é impulsionada pelo desejo que cultivamos de conquistar e realizar sonhos, desejos, algo, adquirir algo novo, supera algo, receber algo, algo que possa nos trazer momentos de felicidade.

Todos têm seus sonhos de conquistas:

---

[18] RECURSO EM HABEAS CORPUS Nº 158580 - BA (2021/0403609-0)

Uma casa nova, um belo carro, saúde para um ente querido, promoção no trabalho, viajar, ter uma reserva financeira para qualquer eventualidade, e ao fim, as conquistas são alcançadas, frustradas, superadas, trocadas, e seguimos acreditando que pelo nosso esforço, luta e, talvez, por merecimento, chegaremos à tal felicidade buscada pelo esforço, realizada pela conquista.

Esse esforço e luta nos é ensinado desde cedo – quer algo, vá, se esfosse, mereça e conquistará.

Mas nem tudo é assim, temos sonhos que não estão a depender de nós, tão somente.

Em certos casos, entra na fórmula "mágica" da conquista algo superior, algo que não podemos controlar ou guiar – é uma força maior que poucos têm consciência.

E não só, como **simples humanos, mortais e falhos**, muitas das vezes nem sabemos o porquê sonhamos com desejos que não temos direito ou que não nos fará melhor – a vida cobra, diariamente, que sejamos melhores, em todos os sentidos.

Por vezes, entra, destarte, uma força divina, superior, onipotente, que sabe o que devemos ou não devemos conquistar e ter, para que sejamos premiados com a vida eterna a nós prometida.

E aí, surge, sem que nós estejamos preparados, por vezes, e só para quem tem muita "sorte", o inesperado, o não aguardado, o não sonhado, o não imaginado, o não batalhado – chega até você, sem data programada, sem aviso, sem te consultar, sem sua aprovação, sem seu pedido, **um presente de Deus.**

Já recebeu um presente de Deus?

Comigo foi assim:

Fui presenteado com a presença, num primeiro momento, a simples presença de alguém que veio para mudar, transformar, virar de ponta-cabeça minha vida.

Chegou sem avisar, sem meu pedido, não era meu sonho, não fazia parte de meus desejos, mas surgiu, se apresentou, me vi diante de uma menina-mulher, que a partir desse dia, modificaria minha vida para sempre.

Deus me deu muito nesses últimos anos, me deu um trabalho que amo, me deu estabilidade, me deu realizações, fiz muitos "amigos assistidos" muitos agradecimentos pelo trabalho, friso, faço com amor, realizado, fiz justiça, sou reconhecido pela superação, lutei pelos mais descamisados, alegrei muitas famílias, fiz palestra, escrevi um livro de amor, conquistei o adjetivo de criminalista-cronista-apaixonado, e hoje, estou feliz, sou um homem feliz.

Daí, Deus é maravilhoso e brincalhão, me desculpem, Ele me deu um presente que não sonhei, não pedi e espero merecer: Num belo dia, uma "borboleta" passou voando, batendo alegremente suas asas, feliz, cruzou meu caminho e pousou linda, apaixonante, me encantou.

Sua presença, me alegra, sua voz me encanta, seus olhos me hipnotizam, seu andar me agrada, sua boca me traz desejos.

O que fiz para conhecê-la, não sei – não encontro outra explicação que não a de que seja um reencontro de vidas passadas e vividas, de um grande amor do passado reaparecendo, no corpo de uma menina-mulher, como uma bela borboleta.

Me alegro com o presente, me alegro com a sua presença no presente, com o sorriso do presente, com seu andar, com seus lábios, quantos desejos, agora sonhados e desejados.

Este presente de Deus, não solicitado, guarda ainda grandes emoções – só Deus entende o que significa e qual o seu objetivo.

De qualquer forma, Deus, de eterna bondade, se não for uma brincadeira, sabe o motivo do presente e de minha alegria.

Obrigado, amém!

21/04/22

19.   É ridículo, amar é ser ridículo

"O cérebro pode promulgar leis contra a paixão; porém a natureza ardente salta por cima de um frio decreto"[19]

Você que ama, desculpe, você é ridículo.

Faz coisas ridículas, se passa por ridículo, não tem jeito, é ridículo.

Amar é ser ridículo, amar é ridículo!

Para todos ao seu lado, será um ridículo.

Ama uma mulher mais jovem, ridículo!

Ama uma mulher mais velha, ridículo.

Ama gorda ou magra, ridículo.

Ama alta ou baixa, ridículo.

Bastou amar, já é ridículo.

---

[19] "The brain may / devise laws for the blood, but a hot temper leaps / o'er a cold decree." *(O Mercador de Veneza, Ato I, Cena 2)* - *SHAKESPEARE*

Homem amando homem, ridículo.

Mulher amando mulher, ridículo.

Não escapa, se ama, você é ridículo.

Ama e passa a ser cuidadoso com o ser amado,
ridículo.

Ama e cuida do ser amado, ridículo.

Ama e quer estar junto, quer beijar, quer fazer
amor, ridículo.

Ama e manda flores em datas especiais,
ridículo.

Melhor não amar, aí deixa de ser ridículo.

Vivo hoje como um, sou ridículo.

Dei presentes, ridículo.

Fiz por onde cuidar, ridículo.

Acompanhei até o carro por cuidado, ridículo.

Lembrar de trazer o almoço dela, ridículo.

Fiz poemas, falei ao público do meu encontro com a ser amada, ridículo!

Imaginei momentos com ela, ridículo.

Imaginei ser possível, ridículo.

E agora, um ser ridículo, conviva com isso.

Você faz coisas ridículas pelo seu amor.

E tem mais, não adianta querer fugir, fingir que não é, que não está, não tem como, se você ama, é ridículo.

Como sair dessa roda-viva de tantos ridículos?

Simples, só deixando de amar – você quer isso?

Quer deixar de sentir o que sente e de quanto é ridículo?

Só deixando de amar.

Mas como, não controlamos nossos sentimentos, amor ridículo.

Então, como ridículo, siga em frente, mesmo ridículo.

Amar vale a pena, mesmo sendo um ridículo.

Amar é estar vivo, amar é lindo, é fundamental, é ar e fogo, terra e água, ame, ame muito e seja ridículo – não tem jeito, conviva com você ridículo.

Um dia, quiçá merecedor, amará e será, além de ridículo, um ser de luz, abençoado pelos céus por ser um amante, em que pese, ridículo.

26/04/22

20. Por amá-la e não a idolatrá-la!

Frei Lourenço condena Romeu[20]:

"For doting, not loving" *! (por idolatrá-la, não por amá-la"!).*

Sim, pode explicar assim como me encontro, desencontrado.

Sei que quero cuidar, sempre que posso, cuido.

Sei que gosto de agradá-la, sempre é minha alegria.

Sei que sinto a falta da presença, sempre que posso quero tê-la por perto.

Sei que a amo, tenho desejos, até inconfessáveis!

Isso revela o amor, não idolatria.

Que me perdoe o *Badro,* mas eu, amo, não idolatro.

Sei que, como um *Montéquio,* me apaixonei pela minha *Capuleto.*

---

[20] Romeu e Julieta, Ato II, Cena 3 - SHAKESPEARE

Amar é afastar-se da realidade e conseguir descobrir-se desprotegido do quanto se tem de cuidar de si, tão somente.

De tanto amar, pela beleza, pela leveza de ser, pela simplicidade, pelo sorriso, cabelos ao vento desfeitos, pelo olhar, pelo delicioso lábio a ser beijado, por seu lindo corpo a ser abraçado, quase chego a idolatrá-la.

Hoje foi um desses dias em que eu esperava vê-la, alegrar-me com sua presença, poder sorrir e ver o seu sorriso.

Não aconteceu, mas não me infelicitei

Recebi, com alegria, sua mensagem que aguardava a calmaria das chuvas, sua casa sitiada pelas águas, águas que são benção, incomodando sua saída e sua prometida presença.

As chuvas cessaram, mas as águas, como no dilúvio, não cederam, impossibilitando que hoje eu tivesse a alegria de seu simples sorriso, coisas dela de meninice.

O tempo hoje é meu amigo, me traz sempre a esperança que chegará o amanhã e como ele, nova oportunidade.

Ao fim, sei do amor que tenho, mas não tenho a certeza de idolatrá-la, ou será que sim - fico com a dúvida do quanto essa menina representa em minha vida.

Amada, idolatrada, amada e idolatrada, não importa – desejo não se qualifica, se vive.

29/04/2022

21.   Caímos do céu, juntos.

"MAS O SER HUMANO É TÃO APAIXONADO PELO SISTEMA E PELA CONCLUSÃO ABSTRATA, QUE É CAPAZ DE FAZER-SE CEGO E SURDO PARA JUSTIFICAR SUA LÓGICA" (Dostoievski)

Não foi coincidência o dia 10 de dezembro, foi programado pelas forças divinas do universo, pela sabedoria superior, pela vontade dos céus, caímos juntos.

E aqui estamos hoje, aparentemente caídos distantes pelo tempo e pelo espaço, mas compartilhando a companhia um do outro, sem o saber que caímos juntos.

No mundo dos desencontros, estamos buscando nosso reencontro.

No mundo de desamores, estamos buscando o nosso amor eterno, que foi determinado, programado, definido – pelo bem, e por isso, tem vai acontecer.

Lado a lado, ainda separados, dia por dia, um dia estaremos juntos, caídos do céu, sem ainda entendermos o porquê do reencontro.

O reencontro está marcado, definido, e está para acontecer.

Dos céus veem a expectativa, a torcida pelo reencontro dessas almas, dessa certeza, que ao fim, o amor se fará envolvê-los.

Há incentivo, há manifestações contidas, sinais que podem passar despercebidos, mas há a certeza de que reconheçam o que foi e está determinado.

Procurei por tempos reencontrar e, sem aviso, se ela fez presente, caída dos céus como eu.

Se ela ainda não sabe o que procura, ainda não sei, mas sei que veio com a esperança de que o reencontro aconteça, dia mais dia menos, ela sabia e sabe que isso estava previsto, querido, pedido, desejado e que se reencontrariam.

Quanto viverão, não sei, mas nós, caídos dos céus, junto, viveremos.

Caímos dos céus, juntos, para reviver.

Reconheci desde o início – minha querida, respeito seu tempo, mas que reconheça tão logo quanto necessário, nós esperamos há tempos.

06/05/22

22. Uma casa velha, vida jovem!

"Tão certo é que a paisagem depende do ponto de vista, e que o melhor modo de apreciar o chicote é ter-lhe o cabo na mão"[21].

- Carlos, quer conhecer minha casa na Náutica?

- Claro!

- Vire aqui, esquerda!!

Uma casa velha, vista da rua, esconde as alegrias e lembranças.

Feliz em conhecê-la, ser apresentado por ela.

Uma casa da infância, de piscina e brincadeiras, chão de madeira.

Lembranças da mulher, vivida pela sua criança.

São imagens alegres, divertidas, de brincadeiras

[21] Assis, Machado de, 1839-1908 – Quincas Borba – 4.ed. São Paulo, Martin Claret, 2012 – pg.45

Compartilhou comigo a alegre lembrança da infância.

Me sinto feliz e presenteado, repartiu comigo parte importante da sua vida.

Vida que segue, hoje mulher, mas guarda a menina alegre que foi, na casa velha – hoje a conheci, passamos em frente.

Ela quer comprar a casa que já é sua, quer resgatar a menina.

Quer passear pelo passado.

Uma casa velha, que me foi apresentada, com alegria e olhos brilhando.

Vista de fora esconde histórias alegres, repartidas hoje comigo, recordações de suas alegrias.

Sua felicidade em compartilhar os momentos vividos, me aproxima mais, me encanta sua alegria – visitei, nem que seja de passar em frente, a velha casa, hoje velha, sem formalidade, fui apresentado a ela e às suas lembranças.

Repartida as histórias de velha casa comigo, fico apresentado oficialmente, passei com ela pelas lembranças da casa velha, querida, amada, guardada hoje como uma ponte para momentos de alegria, de suas meninices.

Chego a imaginar, alegria moleca, correndo pelo quintal, atravessando as portas altas, jogos na piscina, corridas marcadas pelo chão de madeira.

Fui apresentado à sua infância, passagem rápida pela casa velha, lembranças longas que ficaram em sua memória, poucas não confessadas.

Hoje mulher, jovem mulher repartindo sua infância, me deixou mais perto dela e de seu passado.

Adorei ser apresentado e conhecer, casa velha de lembranças, de alegrias passadas, de tempos em que eu não estava presente, mas sentia – sim, sentia à época, suas brincadeiras espelhadas em nuvens – não reconheci naqueles tempos, mas hoje entendo minha admiração pelos desenhos, em forma de nuvens em céu azul, nuvens mudando de forma constantemente - era a menina brincando na casa, hoje casa velha, mas que era seu castelo.

Ah, mulher-menina, você hoje me fez feliz, uma casa velha, cheia de valores e suas histórias.

11/05/2022

23.   A menina do farol!

"Mais que ler muito livros, eu queria que os juízes conhecessem muitos homens; se fosse possível, sobretudo, santos e infames; os que estão no mais alto ou sobre os degraus mais baixo da escada. Parecem imensamente distantes."[22]

- Sabe aquelas meninas que ficam no farol vendendo coisas?

Ela me olha, sem entender.

- Então, comprei esse perfume para uma amiga "querida", mas estou achando que ela não vai querer, então vou dar para a menina do farol mais bonita que eu encontrar, acho que ela vai querer e gostar, não acha?

Foi assim que mais uma vez consegui fazer um presente, não podendo, por ora, fazer mais por ela, e, presenteá-la me faz feliz.

---

[22] Carnelutti, Francesco – As misérias do processo penal – São Paulo – Editora Pillares, 2009, pg. 49

Quanto pode, quando pode, como pode, não, não existem essas condições para que eu possa demonstrar, mesmo que por pequenas lembranças, todo o "carinho" (*carinho aqui mal-empregado*) que sinto por ela.

"Carinho" e falta da presença – quiçá um simples presente seja parte de mim que estará ao seu lado, na bolsa, na cabeceira da cama, no carro – uma parte de minha vibração transportada por um presente, dado com muito prazer e alegria.

Como posso deixar de fazê-lo, se hoje ela é a parte maior de minha alegria, uma estrela que brilha isolada no céu dantes escuro de meus horizontes.

Menina-mulher, que fez ressurgir em mim a beleza que é amar uma mulher, transbordante e inteiramente, que já não imaginava possível nessa altura da vida, envolvido em um sentimento que não foi buscado – eu estava só e bem.

Tive muitas mulheres, vários casamentos, muitos amores – hoje sei que, mais que tudo, quero me sentir vivo e amando, diferentemente de todos que tive, um amor maior, mais envolvente, mais alegre, maduro, mais bonito e mais por inteiro.

Não é por acaso, não é por conveniência, longe de ser por arroubo, menos ainda por crise existencial, nada disso importa como razão, também não é por querer ter uma menina-mulher que possa estar ao meu lado, passear, ir ao cinema, uma peça de teatro, um bom jantar, viajar, isso importa, mas como consequência, não como princípio.

"De tudo, a esse amor estou mais atento hoje", e todo esse querer, transborda, chega à beira do abismo da inconsequência.

Passar o dia em sua alegre companhia, é para mim mais um dia feliz, e cada próximo, mais e mais.

Até onde vai essa "loucura", de amar sem ser amado, não sei – sei que não quero perder a oportunidade de viver, a companhia que seja, dessa doce e querida menina-mulher.

- E a moça do farol, ficou sem nada?

Alegre, brincalhona e com seu sorriso de meninice tem a resposta na ponta da língua:

- Hoje eu sou a menina do farol!

Tudo isso me faz lembrar Vinícius:

"Se você quer ser minha namorada, aí que linda namorada você poderia ser...."

13/05/22

24.   Um vestido vermelho

"O fim do direito é a paz, e o meio para atingi-lo é a luta. Enquanto o direito precisar estar pronto ante a agressão da injustiça, o que ocorrerá enquanto existir o mundo, não poderá ele se poupar da luta. A vida do direito é luta, uma luta dos povos, do poder do Estado, das classes, dos indivíduos.[23]"

Todas ficam lindas em um vestido vermelho, não ela.

"Uma linda mulher " usou vestido vermelho, caiu-lhe muito bem, ela estava linda.

A "Cinderela" usou vestido vermelho, uma linda princesa, encantadora.

"Marilyn Monroe" também usou e abusou de um vestido vermelho, ficou maravilhosa, não era de se espantar.

Até "Branca de Neve" usou vestido vermelho, encantou seus anões.

---

[23] Ihering, Rudolf von – A luta pelo direito, 2 ed. São Paulo> Edipro, 2019, pg. 25

Mas ela, me perdoem as princesas, mas ela em um vestido vermelho é apaixonante, deslumbrante, maravilhosa!

Ela, meu melhor tema - ela, minha maior inspiração – ela, por quem sou loucamente apaixonado e enamorado, assim, linda, de vestido vermelho, em que pese muito bonito, deixou o vestido em segundo plano - quase não se nota o vestido vermelho.

Admirando, vemos um sorriso enigmático - este sorriso, perdoe-me Leonardo da Vinci, nem a sua Monalisa sorri como ela.

Perdoe-me a Catarina Zeta-Jones - o olhar dela, aparentemente buscando pelo desconhecido, não se compara com o seu.

Há sim um vestido vermelho na foto, mas fica ofuscado por ela.

Minha jovem amada, perdoe-me, vejo somente você, não reparei no vestido vermelho.

Seu sorriso, seu olhar, sua expressão é a pintura que ainda não foi retratada por gênios da pintura - seu corpo, sua imagem ainda não foram esculpidos por qualquer mestre da escultura.

Perdoem-me as demais, mas em sua doce meninice, num vestido vermelho, és uma obra de arte dos deuses, és a mais bela, a mais inspiradora - a minha mais amada e desejada mulher - tá, no caso, num vestido vermelho.

19/05/22

25.   O besouro e a borboleta - PARTE II

"Quando alguém, um podre diabo tão bom como os outros, comete um erro do tamanho de um dedo, arrumam-lhe com um castigo do tamanho de um braço, sem prestar atenção à pessoa que punem! E quem tem o direito de punir, sem tomar em consideração a pessoa? [...] Proteger a sociedade é tão quimérico como querer corrigir o culpado [...]. Como proteger um louco que arranha a própria cara com as unhas? Esse louco é a sociedade; arroga-se o direito de proteger o que, na sua demência, ela própria destrói continuamente"[24].

Foi já há algum tempo que o besouro viu surgir sua borboleta, linda, jovem, e desde o primeiro momento, querida e desejada.

Se encontraram em um galho de goiabeira - ele estava observando a floresta, ela chegou, faceira, batendo suas asas coloridas.

---

[24] WASSERMAN, 1975. Parte de um diálogo entre dois personagens do romance alemão "O Processo Maurizius", do autor Jakob Wasserman, publicado em 1928.

Nesse seu primeiro encontro, ele, de pronto, reconheceu que foi um reencontro, de tempos e espaços passados, já experimentados e vividos, com muito amor e alegria.

Ela, alegre e jovem, não o viu de imediato, brincava com suas asas, se mostrava bela para toda a floresta, sem modéstia, sem dar conta do besouro no mesmo galho, estavam dividindo um galho de árvore.

Certamente, pelos sentimentos revividos por ele no primeiro instante, veio a lembrança que de amantes e amigos, parceiros e cumplices, viveram felizes por algum tempo, e, em razão de tais emoções e felicidades, se comprometeram ao reencontro, *"endless love"*, foi o juramento feito.

E então, viajando pelo tempo, pelo espaço, chegaram aos dias de hoje, ansiosos, esperançosos, ainda se amando muito, sentimentos guardados na consciência oculta, memórias a aflorarem – ela, ainda jovem, não sabe e não se lembra – se comprometeram, ele tem a certeza de que se compromissaram ao reencontro – eles têm que chegar ao dia de comemoração, merecem.

Ele, feliz no galho, a admirava, encantado com seus gestos, boquiaberto pela sua beleza, pela imagem revivida, pela leveza e graça que ela, descontraidamente, batia suas asas e se divertia.

Ela descontraída, nada demonstrou, nenhuma reação dela ao vê-lo ali, estático (não queria espantá-la) daí não se mexia – foi por um "Bom dia" que ela respondeu, simpática, como quem quer responder com carinho.

Depois de boa conversa, ela se foi, e ele ficou ali, observando o mundo da floresta passando lá embaixo, torcendo, querendo que ela um dia voltasse.

E assim, passado algum tempo, ele se dedicando a escrever em lembranças desse amor, amor, de certa forma, dolorido pela incerteza, pelas incongruências e diferenças do besouro e sua amada borboleta.

Mas a vida, como ele sempre acreditou, é feita de grandes surpresas, encontros, desencontros, alegrias, tristezas - é parte da experiência de viver em um mundo imperfeito, e esse o amor não combina com a imperfeição, passa sempre ao largo.

Ele, no entanto, pela força que seus sentimentos que lhe envolvera, tinha que conceder a ela um certo tempo – sua amada estava agora de volta à sua vida – ele não pode deixar que ela lhe "escape" desta vez – sua missão passou a ser, aos poucos, com jeito e carinho, não "espantar a borboleta".

Mas agora, eles têm que vencer dois grandes desafios, inexplicáveis, inesperados, que podem, num primeiro momento, serem difíceis de superar – ele é um besouro e ela uma borboleta – ele no outono e ela é a própria primavera – alegre, colorida, tempos de flores.

Resiliência, é essa a arma de sobrevivência, dias e dias, sem ela em seus braços, sem ela em seus beijos, sem ela ao seu lado – sem ela, essa é a luta dele contra os moinhos de ventos de Dom Quixote.

Mas, em seu socorro, ela agora já sabe de todos os sonhos e sentimentos dele por ela – leu "o reencontro", "mentira deslavada", "a menina do farol", "um vestido vermelho" – ele passou a compartilhar com ela suas "cartas de amor" transvestidas de crônicas – ele escreve para ela, pensando nela, escreve por ela.

Só lhe falta, em última análise, se descrever seu amor, seu amor platônico:

26.   Meu Amor Platônico!

O amor que vivo é o "idealizado, o desejado, o que se aparenta como o ideal".

Na concepção e interpretação clássica, que repudio e contesto, chega ao absurdo de ser definido como o amor sublime, não correspondido e assexuado.

Podre e esdrúxula interpretação das definições de Platão.

Como poderia o grande pensador cometer a mácula de idealizar que um amor, sublime sentimento, que é inerente ao ser humano, independentemente de sua condição física ou intelectual, contemplar que esse amor abriria mão da sexualidade pelos amantes, como poderia, amor que foi definido como ideal e sublime.

No "mundo ideal", que podemos definir como o mundo em que gostaríamos de pertencer, bastaria amar e ser correspondido para vivenciar o amor em sua plenitude, sem carinhos, afetos, cuidados e, ao fim, abrir mão da experiência divina do êxtase?

Um grande amor platônico, como no caso, é para ser vivido, cultivado, amadurecido e apreciado em sua plenitude, não aceito vive-lo em parte.

Não me venham com a falácia que o amor idealizado e idealmente sublime pode ser adjetivado como necessariamente assexuado, posto que, por princípio, tal adjetivação perece no berço da definição, afronta o quanto dito e definido pelo pensador.

Meu amor por ela, ainda que esteja, até o momento aparentemente não correspondido, não é vivido pela metade ou por parte do seu todo – é platônico, posto que sublime, é idealizado, posto que sentido em plenitude, e é, necessariamente, além do dever de cuidado, de carinho, de proteção, de encantamento, é intenso em sua sexualidade – corpos que, se encontrando, merecem a sublime, sim, a sublime experiência da contemplação dos prazeres trocados e vividos.

Eu a amo, platônica, sublime e sexualmente, não abro mão – nos exatos termos apresentados na definição de Platão, posto sublime e idealizado, é, por definição, sexuado.

08/04/22.

Ao fim, não restam outras palavras, mais valiosas, mais corretas, mais diretas, mais honestas, mais verdadeiras e mais sonoras:

"- Querida borboleta, você quer ser minha namorada? - que linda namorada!"

23/05/22

26. O besouro e a borboleta - PARTE III – O início

"Tão certo é que a paisagem depende do ponto de vista, e que o melhor modo de apreciar o chicote é ter-lhe o cabo na mão"[25].

Tudo começou lá atrás, quando o besouro viu surgir sua borboleta, linda, jovem, e desde o primeiro momento, querida e desejada.

Se encontraram em um galho de goiabeira - ele estava observando a floresta, ela chegou, faceira, batendo suas asas coloridas.

A interpretação que ele logo fez foi de que ela já foi parte, importante, de sua vida passada, foram amantes e queridos, amigos e companheiros, viveram, certamente, uma vida em comum de alegrias e felicidades.

---

[25] Assis, Machado de, 1839-1908 – Quincas Borba – 4.ed. São Paulo, Martin Claret, 2012 – pg.45

Certamente, pela relação pretérita, se comprometeram ao reencontro, *"endless love"*, foi o juramento feito.

E então, viajando pelo tempo, pelo espaço, chegaram aos dias de hoje, se reencontraram, agora para dar continuidade ao que eles não se esqueceram, se comprometeram, amor para toda vida.

No último movimento em direção ao quanto ele queria, em sua penúltima "carta de amor", ele foi direto a pedindo em namoro.

Depois de tantas "cartas de amor" que ele conseguiu entregar à sua borboleta, sua última mensagem, foi direta e apaixonada:

"- Querida borboleta, você quer ser minha namorada? – aí que linda namorada!"

A resposta, tão aguardada pelo besouro, tardou, mais que do que ele gostaria, deixando-o na expectativa de viver, reviver sua grande paixão, ou será que ficaria para outra, oportunidade?

Não, ele não queria outra oportunidade, o momento é agora, o lugar é este e, em suas viagens, chegaram ao galho de uma goiabeira.

Sua angústia era que algo tão maravilhoso, momentos vividos de tanta felicidade, ele não queria que acabasse – e pelo medo de acabar, ele não começava, não gritava ao mundo de sua paixão.

Sua alegria dos últimos dias, a convivência com a borboleta lhe agradava tanto, que então, para não correr o risco de eventualmente acabar, perder essa alegria, ele não queria fazer começar – não declarou aos quatro ventos até então sua paixão.

Mas não durou muito, em um belo e incerto dia, quando nem tocavam no assunto, ele foi direto – desta vez possibilitando a sua esperada resposta:

"- Querida borboleta, quer namorar comigo, ou melhor, quer reatar o namoro comigo para viver o quanto já fomos felizes?"

Pegou ela desprevenida, suas palavras foram diretas e carinhosas, estavam cheias de emoção e paixão – ele não conseguiu mais se segurar.

Ela esboçou seu sorriso tão familiar, uma de suas meninices, olhos nos olhos, como nunca antes e ela presenteou-o com um beijo no rosto.

Foi o momento que ele esperava há tempos para explodir de felicidade – sem refletir, ele devolveu-lhe com um carinhoso beijo, que, trocados e apaixonados, fez o tempo ao redor parar – nada se movia, só os dois em um momento que não tinha como terminar.

Sem palavras trocadas, os corações estavam descompassados e acelerados, batiam em sincronia com a felicidade trocada.

Se abraçaram, ainda sem palavras e se olhavam – estavam vivendo algo muito especial, um abraço de ternura, amizade, companheirismo, amor – um abraço apertado e suave – um abraço guardado e esperado, há tempos.

Nada ao redor se movia, eles pararam o tempo, o universo os observa, só era audível a batida de seus corações, que aos poucos se acalmavam, se ritmavam em harmonia.

Foi o momento do besouro e da borboleta, as imagens de suas vidas passavam rapidamente, pausavam e aceleravam, suas vidas contadas em minutos ou horas, para eles o tempo estava parado.

Foi então, depois de desse reencontro, não se largaram mais, vidas unidas e compartilhadas.

Apesar de todos os mares revoltos, das tempestades enfrentadas, eles, unidos e de mãos dadas, venceram tudo e todos - eles juntos são mais fortes que qualquer tentativa de sabotagem ao amor dos dois, eles sabem disso – os céus estão ao lado deles.

Tudo mudou, suas vidas haviam mudado, suas realizações agora são comemoradas com mais alegrias, a felicidade dos dois contagia tudo e todos.

Tudo recomeçou no dia 10 de dezembro, data que eles passaram a comemorar como o dia do reviver, do reencontrar, de comemorar a vida que é uma dádiva.

A amizade, o companheirismo, a cumplicidade, a alegria, a felicidade, o amor vivido, foi se consolidando, se expandindo, criando raízes, e aconteceu:

O dia foi de juramento:

"Eu prometo te amar e respeitar até que a morte nos separe, temporariamente, novamente!".

E foram felizes para sempre!

FIM

P.S. Quanto à filhos, eles nada me revelaram!

25/05/22

27. Obrigado, fez-se a luz!

"Mais que ler muito livros, eu queria que os juízes conhecessem muitos homens; se fosse possível, sobretudo, santos e infames; os que estão no mais alto ou sobre os degraus mais baixo da escada. Parecem imensamente distantes."[26]

Obrigado, suas palavras, sua decisão, acalmaram a tempestade, cessaram-se os ventos, os céus se abrem e vejo um raio de sol insistindo em dar sua alegria e calor.

Fez-se a luz!

Devo agradecê-la, ela me encontrou – como um seixo no leito de um grande rio, ela me encontrou!

Ela chegou na minha vida, de mansinho, foi-se instalando, e hoje é minha alegria de viver – devo agradecê-la!

Fez-se a luz entre nós.

---

[26] Carnelutti, Francesco – As misérias do processo penal – São Paulo – Editora Pillares, 2009, pg. 49

No momento mais esperado, suas palavras e alegrias fizeram o que parecia quase inatingível, tudo se acalmou, a paz se apresenta, tímida, mas forte, insistente e resoluta.

Frente ao que foi querido e desejado, vem a felicidade do desejo pedido e atendido – vem, venha viver, ao meu lado, a plenitude do merecimento que fazemos jus e que nos comprometemos, pela vitória do amor transcendental, no espaço e tempo.

Fez-se a luz!

Cumpriu-se assim, o quanto estava comprometido e determinado, promessa pactuada nos céus, na casa da luz, da paz, e aqui, agora, se fez.

Há festa dos iluminados, dos que envoltos em graça estão convivendo com a sabedoria superior, que nos aplaudem, felizes de longe.

Eu te amo, minha doce borboleta!

Obrigado por me encontrar!

Um dia, sem pressa, toda essa jornada e vitória serão esclarecidas, entendidas e viveremos plenos.

Hoje, fez-se a luz!   *26/05/22*

28. Releia tudo, permita!

"A justiça é como as serpentes: Só morde os descalços". Monsenhor Óscar Arnulfo Romero, arcebispo de San Salvador. 1980[27].

Releia meus chamados, releia meus versos, releia todos, entenderá o meu amor!

Menos poético hoje, vou direto - te quero comigo!

Quanto posso e quando posso, me permita!

Releia todas as minhas palavras, foram feitas para você, por você, são de você!

Sou explícito em todas as letras, amo você e te quero ao meu lado.

Vou insistir, até que você não me permita, respeito!

Vou insistir, até não te entristecer, respeito!

Vou insistir, até o seu pare respeito!

27 Galeano, Eduardo H. 1940 – De pernas pro ar: a escola do mundo ao avesso – tradução de Sergio Faraco – Porto Alegre, RS: L&PM Editora, 2013

Vou insistir, quero você!

Me permita te adular, te presentar, te acarinhar, querer te ter ao meu lado.

Dance comigo, sou um *"Montéquio"* buscando o amor de sua *"Capuleto"*.

Beije comigo, sou o besouro buscando o amor da borboleta.

Fique comigo, sou pela escuridão pedindo a luz, a claridade.

Namore comigo, sou quem te quer ver feliz, muito feliz!

Ame comigo, sou quem vai te acompanhar, sempre, lado a lado, de mãos dadas.

Viva comigo, sou seu amigo, parceiro, companheiro e cúmplice.

Passeie comigo, sou seu amor, seu homem, seu amante, venha comigo.

Beije, fique, namore, ame, viva, passeie comigo!

Não te prometo mais do que te possa dar.

Prometo dar-te tudo que eu possa, para vê-la feliz.

Seguirmos juntos, mais que amantes, amores.

Mais que namorados, companheiros de jornada.

Mais que amantes, cúmplices para a evolução, sempre honestos.

Sempre verdadeiros, sempre amigos, sempre um por outro.

Quero a felicidade de tocá-la, de beijá-la, de amá-la.

Não vai ser em uma calmaria, por certo, mas seguiremos juntos.

Tempestades se avizinham adiante, mas estaremos unidos.

Ventos fortes se abaterão contra nós, juntos somos fortes.

Não nos curvaremos a nada e a ninguém, somos mais resistentes juntos

Tua alegria e juventude me mostrará a leveza da vida.

Minha experiência te mostrará o quanto somos bons para vencer.

Juntos, já vencemos, nada tema, estaremos juntos.

Minha querida, creia em você e creia em mim.

Minha querida, venha comigo.

A mágica da vida é viver,

A verdade da vida é amar

A mágica de amar é poder viver!

Quando o amor se achegar, querendo se alojar e você acreditar, nada tema.

Eu te amo e te quero, venha comigo!

Ah, presente só no próximo aniversário?

Fala sério, não me impeça!

28/05/22

29. Sua alegria, meus cuidados!

"A essência, a dificuldade, a nobreza da advocacia é esta: sentar-se sobre o último degrau da escada, ao lado do acusado, quando todos o apontam. Postar-se ao lado do forte, sob às luzes dos holofotes, é cômodo."
Francesco Carnelutti

Doce "borboleta", menina querida e minha alegria.

Tudo isso quero falar para você, mas na falta da presença, te escrevo

Infelizmente é como tenho a oportunidade de chegar até você.

Nem sempre será assim, estou certo!

Quando você me apareceu, de pronto te reconheci como sendo uma moça amada.

Pode ser criação de um cronista?

Não, não pode, antes de você chegar, eu não te criei, "borboleta".

E nem poderia, não tinha a inspiração que você me despertou e que continua, dia a dia, sendo minha maior fonte de queridas linhas.

Posso explicar?

Não, não posso, somente posso sentir.

Houve dias atrás que resolvi que era um sonho, "Foi um Sonho", e que dele eu acordaria, mas não.

Porém, se é sonho, ainda não acordei - me enganei para tentar me esconder de todos os meus desejos.

Foi quando, enfrentando todas as impossibilidades, me mantive em frente, transbordando em palavras toda minha alma.

O "Início" vai acontecer?

Não sei, só sei que quero e vou ainda fazer (salvo se você me negar, me frear) meu melhor para transformar em vida real, não em um suposto e falso sonho.

Não me desculpe por tudo que escrevi por você e que continuo escrevendo - me entenda - e, se for de sua vontade, aceite com muito carinho e amor.

O que você quiser, é o que será.

Te respeitarei sempre e sempre, incondicionalmente.

No entanto, não me furto a te dizer:

Se você quiser, eu serei da forma que quiser.

Não te prometo a lua, mas te farei admirar a sua luz e beleza.

Seu tempo, seu espaço, em tudo estarei atento.

Não te farei rainha, mas comemorarei sua realeza.

Me envolvo, só no seu tempo.

Não te tornarei eterna, mas te acompanharei pelos tempos

Meus beijos, na sua vontade.

Não serei seu herói, mas te mostrarei os males e perigos do mundo.

Me amor estará sempre com você, para você.

Sua vontade, vai passar a ser a minha

Sua alegria, será a minha alegria.

Seus desejos, serão as minhas vontades.

Sua vida, será meu cuidado.

Seus sonhos, meus sonhos.

Você é minha alegria e felicidade, e serei se você permitir.

Vou cuidar, abraçar e beijar.

O que te importa, me importa.

Como você me vê, é como sou.

Qual seu tempo, qual seu espaço?

Vou respeitar, só não me impeça.

Não seremos poupados, mas seremos unidos para enfrentar.

Muitas indignações e suspeitas

Enfrentaremos juntos e fortes.

Tuas mãos quero na minha.

Teu olhar, quero no meu.

Tua boca, quero beijar.

E quando, vivendo esse amor improvável, chegarem os tempos,

Lembrarei, lembraremos, de quanto foi importante.

De quanto foi intenso.

De quantos momentos belos vividos.

De quantas pedras do caminho nos desviamos ou saltamos.

De quantas tempestades nos protegemos,

De quanto que vivemos,

Se for da tua vontade!

Ame o quanto puder,

Não desperdice seus sentimentos

Ante qualquer obstáculo

Esteja sempre atenta,

Lute pelos seus ideais

Zombe sempre que puder de seus medos

Até que um dia, você se verá frente a frente com a felicidade.

29/05/22

30. Um homem, ele em minha vida.

"Pugnar pelo oprimido, quando o estimamos, é trivial e fácil; expormo-nos pela sua liberdade, sem o prezarmos, unicamente por horror à opressão, é extraordinário e heroico. Na primeira hipótese há a satisfação de um instinto subjetivo.; na segunda, o culto superior da humanidade e da justiça"[28].

Não foi *ele* quem se achegou, fui eu quem o encontrou - nisso *ele* tem razão.

Tá, eu não tive a intenção, mas foi por uma intuição que sabia que deveria ir conhecê-los.

Eu, trabalhando nos campos de minha família, cuidava da plantação de trigo, grande cereal, muito bem contado na época.

---

[28] Mato, Miguel - Migalhas de Rui Barbosa – vol. I – 1º ed. – São Paulo: Migalhas, 2010. – 153 p.

Mas como o campo de minha família não era assim tão grande, hoje sei que é pequeno, ou seja, por mais que eu trabalhasse, os rendimentos não chegavam para que pudesse fazer uma reserva - meu sonho sempre foi ter minhas próprias terras, tinha o sonho de terras "a perdê-las de vista", sonhava que iria tê-las um dia.

Foi depois de um período difícil, passei a buscar uma nova colocação, a vida no cultivo de trigo quando em terras poucas, não satisfaz as necessidades todas de uma família, talvez para meus pais sim, mas para minha família toda não.

Fiquei sabendo de uma grande fazenda, não tão perto das nossas terras, mas eu achei que valeria a pena conhecer – cismei com a tal fazenda, batizada de TR2 – não sabia o que poderia significar, mas imaginei que eles eram um dos grandes cultivadores de trigo, além de outras culturas – soube que as terras eram de se "perder de vista".

Criei coragem e enviei meu histórico de cultivadora com a esperança de conseguir um bom emprego, e, com isso, poder fazer a poupança que eu tanto sonhava.

E então, foi assim, tinha a intuição que lá haveria uma boa oportunidade.

Não demorou, recebi o retorno que queria: *"Venha fazer uma entrevista!"*

Foi um dia de alegria, as opiniões em casa eram distintas – minha mãe não concordou, achou que ficava muito longe – meu pai, sempre confiante em mim, acreditou no meu *feeling*, - "Sim, vá sim, só assim saberá".

Com dia e hora marcada, fui em busca de uma nova sonhada oportunidade, de uma colocação em uma grande fazenda - quem sabe seria uma oportunidade de conhecer, além do trigo, novas culturas, novas frentes de comércio, outros mercados.

Cheguei, estava ansiosa, e logo o vi – foi *ele* quem eu primeiro reconheci – me pareceu um tipo sério, estava fumando e não sabia que era eu quem chegava - não sei por que dessa minha impressão, *ele* me pareceu sisudo, cara de bravo.

Aguardando para ser atendida, sei que não seria *ele* o meu entrevistador, marquei com uma cultivadora de trigo, acho que tipo gerente da fazenda.

Aguardei pouco tempo, e *ele*, foi *ele* quem me recebeu no primeiro momento, pediu para que eu entrasse:

- Bom dia, por que se atrasou?

Foi assim, na lata – atrasei no máximo uns 5 ou 10 minutos, mas para *ele* foi motivo de me questionar.

Não tive dúvida, respondi de pronto e seu semblante me acalmou – *ele* não disse nada, apenas sorriu! Foi seu primeiro sorriso para mim.

A entrevista foi como eu poderia querer – a primeira impressão do "senhor bravo" se dissolveu em minutos de conversa – *ele* não é bravo, é direto, hoje eu o entendo.

Foi assim, sai sabendo que fiz uma boa entrevista com a promessa de dar uma resposta – para eles eu era a escolhida (*ele* deixou isso claro para a sua colega).

Já no caminho de volta, fui ponderando com meu pai – tinha que levar em conta a observação da minha mãe - "não é perto de casa" – mas não teve jeito – eu sabia, sentia que deveria aceitar – e as condições financeiras também foram muito boas.

Não, não tive dúvidas, vou aceitar – sabia que deveria aceitar – *ele* não teve nada a ver como minha decisão – foi o que achei na época – ledo engano meu!

Aceitei, e fiquei muito feliz com a minha opção – depois eles me disseram que também tinham a certeza de que eu aceitaria – ainda não sabia bem o que isso significava.

Feliz, final de ano, festas e logo eu iria começar – vida nova em uma fazenda que sempre sonhei – acreditei desde o início que tinha alguma coisa com essa fazenda, com a tipo gerente e com *ele* – eu poderia estar enganada, mas foi um encontro diferente, algo muito estranho, mas para o bem, sabia que era para o bem - sensação de *Déjà vu* – na época nem pensava muito mais sobre isso – mas *ele* não me deixou esquecer.

Assim, logo no início do ano, comecei meu novo trabalho – iria cuidar não só de trigo, mas eles precisavam de alguém para o cultivo de vegetais, nova atividade da fazenda – eu nunca tinha cultivado vegetais, mas aceitei o novo desafio – mas como foi o que me propuseram eu aceitei – queria trabalhar nessa fazenda – hoje tenho um pouco de entendimento de o porquê eu resolvi aceitar.

Minha relação, desde o início, foi com a tipo gerente da fazenda – *ele* não, nos primeiros dias e semanas estava distante (percebi que me olhava diferente, alguns bombons eu encontrava na minha mesa de trabalho, enfim!).

Nesse início eu não tinha relação próxima com *ele*, *ele* era quem cuidava dos animais, em sua maioria, ovelhas – era sua grande paixão.

Foi quando, aos poucos, se aproximando de mim, num certo dia, *ele* me convidou para ajudá-lo no trato com as ovelhas.

– *"Quando você tiver um tempo, venha conhecer as ovelhas, acho que vai gostar!"*

E assim, *ele* foi me "puxando" para o lado dos animais - para suas ovelhas e eu passei a gostar de cuidar das ovelhas.

Apesar da companhia que fazíamos um ao outro no trato com as ovelhas, *ele* sempre insistia: não deixe sua atividade primeira se atrasar – venha quando puder, quando tiver um espaço no seu dia para me ajudar com os animais.

E assim, fui me dividindo entre os cereais e vegetais e as ovelhas.

Mas daí, num certo dia, como *ele* também gostava de contar histórias e escrevia pequenos contos – chegou a me mostrar alguns que gostei de ler - *ele* foi convidado pela sociedade mais abastada da cidade próxima para uma noite de leituras – na Casa da Cultura.

Foi agendado um dia, *ele* se dispôs a ler alguns contos – havia um em especial que *ele* gostava muito: *"O besouro e a borboleta"*.

Eu ainda não conhecia, mas fui uma das convidadas especiais para o sarau.

Convidados sentados, a sala da Casa da Cultura estava bem movimentada, e *ele*, o "cara de bravo", convidado para discursar, foi direto ao conto do *"besouro e a borboleta"*.

Um conto simples, que se passava em uma floresta, onde um besouro se apaixona por uma borboleta – situação surreal, mas *ele* logo foi explicando:

Como cronista amador, a licença poética poderia e deveria sempre ser usada – foi como *ele* explicou a relação descrita no encontro, num galho de goiabeira – o besouro apaixonou-se de imediato por sua sonhada borboleta.

O que *ele* quis, e fez, foi justificar, mentir, que eu não era a borboleta – mentira que pouco tempo depois *ele* desmentiu - fez uma bonita crônica, *"Mentira Deslavada"* – revelando a mim, o que eu já estava mais do que desconfiada - *ele* se apaixonou por mim, segundo me contou, no primeiro momento, aquele da entrevista.

Foi então, a partir do dia *"Mentira Deslavada"*, que *ele* passou a escrever e escrever, muitas crônicas onde sempre eu era a personagem principal, deixando bem claro –

"Quer namorar comigo?".

Pronto, e agora?

Penso que só um milagre fará com que isso aconteça.

Não temos quase nenhuma similaridade – penso primeiro na diferença de idade, veja bem, sem chance!

Só por um milagre, eu acho.

Mas milagres acontecem – melhor nem pensar nisso.

Imagine eu, 25 anos e ele, nem sei bem a idade, mas passa dos 60, por certo.

Não tem cabimento – o que vão achar todos?

Minha família, imaginem nem pensar!

Raios e trovões, não!

Acho ele sincero e honesto, mas não basta.

E assim os dias passam, semanas, e eu me adaptando muito bem à nova fazenda – acho que acertei mesmo, foi por intuição, estou certa, algo me dizia que era o lugar certo.

Vou me adaptando com as novas culturas, mas o trigo ainda é minha maior atenção – acabei de ser "nomeada" como responsável pelo trigo e outros vegetais.

Mas sabem, *ele* (o besouro) passou a me envolver com as ovelhas – já tenho até umas sob minha responsabilidade - estou achando muito legal a forma como *ele* trata com as ovelhas – *ele* é atencioso, trata com amor pelo que faz, e passei a admirá-lo pela forma que trabalha.

Penso até que estou aprendendo um pouco com *ele* – não só na forma de cuidar das ovelhas, mas também como lida com as coisas da fazenda – trata com atenção, cuida com muita responsabilidade, e tem muito carinho nas coisas que faz.

Comigo também *ele* age dessa forma – gosta de me acompanhar até o carro se a noite se aproxima (alega que há perigo na rua – sei que não é por isso – gosta de me acompanhar), vire e mexe tem um chocolate ou lembrança na minha mesa, escreve muitos contos para mim (gosto da forma como ele escreve), e me deu um lindo presente em meu aniversário, adorei!

Não gosto que *ele* gaste dinheiro comigo, não me sinto bem – ele sempre ralha comigo sobre isso – diz que vai dar para a *"Menina do Farol"* – acho graça.

Imaginem, agora diz que vai me dar um "último" presente – depois só no Natal – não, digo a *ele,* se quer mesmo me dar outro presente, o próximo só no meu aniversário do ano que vem – sei que *ele* brinca como isso, não vai cumprir.

E é assim, *ele* é assim, rio para mim mesma – mas gosto de estar cuidando das ovelhas com *ele* – gosto das crônicas que *ele* escreve – gosto da atenção e certos cuidados que *ele* me dá, enfim, não vou mudá-lo, não é?

Bem, ali atrás eu disse que "só um milagre, né?"

E disse que milagres existem, não disse?

Pois é, nem quero pensar nisso – mas milagres, coincidência, reencontros, troca de carinhos e afetos, amor, cuidados, companheirismo, cumplicidade, namoros, almas que se encontram, diferenças, acertos, dúvidas, atenção existem, não tem por onde – nem quero, ou quero pensar que existem?

Eu (a borboleta) ainda estou pensando – quando eu resolver, conto para vocês!

E tudo começou com *"A borboleta e o besouro"*, acham que pode?

Carlos Ribeiro em nome da "borboleta", sem sua permissão expressa!

01/06/22

31. Era uma vez, sim, tudo começa assim:

"A primeira coisa que temos que fazer é matar todos os advogados"
Shakespeare, Em Henrique VI[29] *(apud Barroso, Luís Roberto – Sem data vênia: um olhar sobre o Brasil e o mundo / 1. Ed. – Rio de Janeiro: História Real, pg. 203)*

Ela, na época, **uma cigana**, que vivia de cidade em cidade, sem raízes, sobrevivendo como dançarina e leitora de mãos, nada de definitivo ou fixo que pudesse lhe garantir uma vida tranquila economicamente – mas era digna.

Ele, **camponês**, jovem e humilde, vivia com a família e trabalhava nos campos como pastor de ovelhas, seus animais de estimação, destinados ao fornecimento de lã, produto valorizado na época e no lugar em que vivia.

---

[29] A citação é das mais equivocadamente empregadas. Como lembra José Roberto Castro Neves, em Medida por medida: o direito em Shakespeare: "Trata-se de um elogio aos advogados, e não uma crítica. Na peça Henrique VI, alguns revoltosos pretendem destituir o rei e confrontar integralmente o sistema. Para tanto, é preciso promover a anarquia, afastar as leis e desmantelar o sistema vigente. Logo, devem matar todos os advogados. Os advogados, assim, seriam o alicerce do sistema, na medida em que protegem as leis em vigor

Certo dia, ele em passeio pela cidade, final de semana, dia de aproveitar um pouco de sua juventude, foi sem compromisso, reunião com amigos regada a vinhos e muitas diversões e alegrias.

Ela, em suas andanças, por "coincidência", no mesmo dia estava pela praça, tentando, de forma honesta, ganhar algum dinheiro para seu sustento.

As horas iam passando e cada qual aproveitava a noite – noite quente e iluminada pela lua cheia, enorme nos céus, parecia que sorria para todos sob sua luz.

A conversa dele, como de costume, era descontraída e descompromissada – sua rotina desses dias de idas à cidade, era tomar um pouco de vinho, encontro com amigos, conversas e muitas risadas.

Ele não ia até muito tarde, seus compromissos com o sítio não lhe permitiam – no dia seguinte todos os seus cuidados com os animais deveriam ser, como numa rotina, executados, e logo cedo.

Ela, no entanto, nesse dia específico, não estava levando muita sorte, poucas leituras de mãos e nenhum convite para apresentar-se como dançarina, sua melhor performance – sua dança paralisava quem tivesse a oportunidade de apreciar – sensual, sem malícia, suas roupas coloridas faziam dela um ponto a ser seguido, seu sorriso iluminava a apresentação e sua beleza encantadora inebriava a todos.

Mas nesse dia, ela ainda não tinha feito o suficiente para suportar seu sustento.

Porém, como os céus a tudo observam, sem razão, eles se cruzam no meio da festa, quase se trombaram:

– Desculpe, a culpa foi minha, vinha sem cuidado! – disse ele, quase que por instinto.

- Imagine, eu sou muito desastrada, certamente foi minha culpa, disse ela, sem imaginar que seu sorriso quase o tenha hipnotizado.

Nesse momento, nesse exato momento, podem acreditar, a lua piscou – sim, poucos puderam comprovar, mas quem a estivesse admirando, percebeu – a lua deu uma piscada.

Os dois, sem saberem o que fazer, após quase irem ao chão, assim permaneceram, paralisados, como que o tempo parasse.

- Você se apresenta sempre aqui, não me lembro de já tê-la visto.

- Não, não venho sempre, hoje foi um dia em que, sem ter o que fazer, resolvi tentar a sorte por aqui.

- Tentar a sorte? O que isso significa, disse ele esboçando um sorriso.

- Nada de específico, ela sorriu – Como é essa minha atividade, digo, leio mãos e me apresento dançando para ganhar algum dinheiro, resolvi visitar essa praça hoje, mas não estou dando sorte, é isso. E você, vem sempre?

Foi assim, ele a convidou para uma mesa, pediram uma taça de vinho e como a conversa agradava, passaram algumas horas se conhecendo.

Como ele teria que cuidar dos animais logo cedo no dia seguinte, combinaram se reencontrar no dia seguinte, por convite dele e que foi aceito, com prazer por ela – era mesmo hora de se recolherem.

Já no caminho de casa ele se admirava com o encontro – algo lhe parecia familiar – ele não conseguia entender.

Ela, já em seu quarto, pensava que já devia conhecê-lo – sua imagem lhe parecia muito familiar, só não conseguia se lembrar de onde poderia conhecê-lo.

Assim adormeceram e acabaram sonhando, ambos, por "coincidência", com o agradável encontro.

No dia seguinte, como haviam combinado, se encontraram na mesma praça, no dia menos movimentado que no dia anterior, não havia a festa que havia aos domingos, mas não se importaram, ficava melhor para conversarem e até se conhecerem.

Sem qualquer afinidade aparente, a conversa seguia interessante, eles estavam se divertindo e se conhecendo.

Ela contava suas façanhas como dançarina e leitora de mãos – ele de sua alegria em cuidar as suas ovelhas, quanto elas lhe agradavam – ela das curiosidades reveladas pelas mãos – da alegria de ser reconhecida e aplaudida quando de suas apresentações – a dança era sua paixão – leitura de mãos sua sobrevivência.

E assim, após vários encontros, quase que diários – alguns dias, pela ocupação dela, eles não se viam – mas sempre que possível, eles se encontravam – estavam se envolvendo a medidas que se conheciam – poucos poderiam imaginar que uma cigana e um pastor se aproximariam, mas estavam se gostando, a ponto de um dia, após criar muita coragem, ele a pediu em casamento.

A cerimônia foi marcada, a festa organizada, todos os convidados comunicados, e chegou o grande dia.

Estavam apaixonados, transpiravam alegria e felicidades, suas vidas estavam entrelaçadas – passaram a estar sempre juntos, passaram a fazer de suas vidas anteriores uma vida juntos de cumplicidade, companheirismo, amor, de muita troca de carinhos e atenções, formavam um belo casal.

A festa foi como planejada, todos se divertiram muito e a felicidade deles não tinha mais fim, foi o dia especial para eles, cigana e pastor, se encontraram, se conheceram, se apaixonaram, se casaram e estavam muito felizes.

Mas sem aviso, sem que pudesse ser previsto, sem razão para acontecer, houve um acidente – tinha que acontecer e a vida deles parou – fez-se o inesperado.

Houve um longo período de silêncio

Bem, chegando o dia 10 de dezembro, ela seguia com seu pai para a entrevista que foi agendada depois que ela, por intuição, resolveu conhecer o TR2.

Ela enviou seu currículo, foi bem recebido e agendada a entrevista.

Ela agora uma jovem advogada, imaginou que mudaria sua vida se conseguisse se integrar ao escritório que, por sua intuição, mudaria sua vida profissional para sempre – ela acreditou desde o primeiro contato - tinha que ir conhecê-los.

Chegando lá, ela o viu na calçada, fumava um cigarro, e ela teve a certeza de que era ele o advogado, mas sua entrevistadora seria a advogada.

Por "coincidência", foi justamente ele quem a chamou para iniciar a entrevista.

E, neste exato momento, foi assim que tudo voltou a acontecer, recomeçou.

Os dois nem imaginaram, o universo conspirou e haviam se reencontrado.

04/06/22

32. Dia dos Namorados, sem namorada!

Aquele que faz de si um verme, não pode lamentar-se se é pisoteado[30]''

Não, não foi nesse ano, falhou.

Transcorreu *"in albis"*

Mas não sem um presente, quis presenteá-la, e o fiz.

Foi uma pequena pulseira, simbolizando o infinito, comprada com amor.

Amor, palavra que quando nos lembramos dela, sentimos a falta.

Mas como bem já descrevi, é tempo de aguardar o tempo.

Esse ano não deu, mas ainda há os próximos, quem sabe, proveitosos.

Uma namorada, quando retribuído, nos faz viver nas nuvens, nas montanhas isoladas, nos mares de calmaria ou tempestades, mas nos faz viver intensamente,

---

[30] Kant, Metaphysiche Anfangsgrunde der Tugendlehre, 2.ed., Kreuznach, 1800, p.

É da vida, de viver-se intensamente.

O morno é a fase em que nem temos água, nem gelo, nem vapor – é fase de movimento, de transformação, aguardaremos o final.

Assim caminha minha humanidade, em frente, crédulo, há os próximos dias, meses e anos.

Seus lábios, os quero nos meus.

Seu hálito, quero no meu.

Seu corpo, quero abraçá-lo, sentir seu calor, seu cheiro.

Mas não aconteceu,

Tive a felicidade de passar o dia ao seu lado, admirando seu sorriso, suas meninices, seu sorriso, sua presença.

Não bastou, mas compensou a ausência, fiquei feliz.

Minha borboleta, minha menina do farol, minha mulher-menina, sem ser minha, ainda é minha alegria.

Não posso deixar de me alegrar, ela me sorri, ela almoçou comigo, passeamos juntos, fomos e voltamos conversando, rindo, alegres – por hora, bastou-me.

Mas, temos outros anos, outros meses, outros dias e horas, ainda não escrevei o final.

E nem vou escrever ainda, sei que vai acontecer.

Um belo dia, só não sei quando, ela vai sonhar.

E em seus sonhos a verdade vai ser revelada, ela vai entender, reconhecer, e, no dia seguinte, que espero seja em breve, me dirá, sorrindo:

- "Besouro, agora entendo! Agora eu quero saber de você, me diga, de verdade, não precisa me poupar, ainda quer ser meu namorado?

E eu lhe direi: - "Borboleta, minha querida, agora? – te amo de tempos, sabe disso, e para tempos à frente! Sempre, se puder, serei seu namorado, seu amante, seu amigo, seu companheiro – viemos para sermos juntos!

33. Um ato de coragem e ousadia

"A DEFESA NÃO QUER O PANEGÍRICO DA CULPA OU DO CULPADO, ELA CONSISTE EM SER, AO LADO DO ACUSADO, INOCENTE OU CRIMINOSO, A VOZ DE SEUS DIREITOS LEGAIS"[31].

Querida borboleta e amada mulher!

Em preliminar, tenho a meu favor a certeza de que **milagres existem**!

Hoje decidi, aliás, decidido há tempos, te pedir em namoro.

Como em uma sustentação oral em Alegações Finais, vou trazer meus argumentos.

Eu te amo, como sempre decantei, desde tempos atrás, amor que estava adormecido, hibernando, mas que foi reacendido desde 10 de dezembro passado, quando você, por descuido ou intuição me apareceu.

Só há uma explicação – **VIVE-LO**!

Tenho a ousadia de afirmar que já vivemos, em tempos remotos, um amor que foi jurado, um amor sem fim, que não findou, nem findará jamais.

---

[31] Barbosa, Rui de oliveira. Oração aos moços & o dever do advogado. EDJUR/SP. Ed. 2016.

Seria leviandade minha se eu usasse esse argumento para que você me receba agora como seu namorado e amante, mas, por honestidade e clareza, não posso deixar de te dizer sobre meus sentimentos.

Este ato de coragem, reconheça – como já te foi dito e registrado em palavras, eu hoje, experiente e vivido, de muito passado, pretender ter como companheira de vida uma jovem, deve parecer uma querência de muita pretensão – mas não é – é um chamado para viver um novo tempo, que agora será reconstruído, dia a dia, pelo companheirismo, pela cumplicidade, para honestidade, pela maturidade, pela amizade, e, sempre amparado pelo amor recíproco, palavra curta mas que já te descrevi o quanto é grande.

Não é seu rosto lindo, que admiro, não é seu sorriso maroto que me faz feliz, não é seu manequim 36, quase 38 que me atrai tanto, é você inteira, seu corpo e alma, de uma mulher cheia de meninice, que quero estar junto e sempre desejada.

Na tua presença chego a fazer coisas ridículas, me torno por vezes menino, adolescente, mas saiba, ser ridículo por ti, para mim é muito bom, mas ressalto, como já te escrevi, "amar é ser ridículo" e não me incomodo, sou feliz na tua presença.

Minha vida, de tempos para cá, é repleta de boas notícias, de muitas realizações que me surpreenderam e que, até me aposentei, sei que parar jamais, aí, por intuição ou descuido, vem uma jovem, linda e que me enche de vontades, não a idealizo como a "cereja do bolo", és para mim a borboleta querida e amada pelo besouro.

Aí então, em que pese que você possa usar, contra mim, o argumento que a idade importa sim, mas, em contrarrazões, te comprovo que não, não importa.

Meu amor, se seu amor eu tiver, é leve, tranquilo e maduro – não te prometo ser seu herói, te prometo ser quem vai te mostrar as dificuldades da vida, os caminhos por vezes mais difíceis, mas que deverá ser seguido, te fará mais forte.

Serei eu quem te indicará os eventuais perigos, com tempo para que você se desvie.

Sou eu quem estará sempre ao seu lado, nas alegrias e nas passagens (são sempre passageiras) mais entristecedoras.

Sou eu quem te abraçará forte para que o frio não te faça mal, sou eu quem te carregará no colo para pular uma poça d'água para que não suje a barra da calça, sou eu quem te embalará com canção de ninar quando seu cansaço te levar a descansar.

Eu serei quem te acordará, sempre com uns minutos a mais para a preguiça, com café, pão quente e a fruta fresca.

Sou quem te abrirá as portas, sou quem te dirá bom dia com sorrisos, é comigo que estará em leito de 1000 fios, para amar.

Sou eu e você, que faremos com que qualquer pedra, qualquer porta fechada, seja superada, transposta, vencida, eis que, nossa arma é amar.

Sou eu quem vai te presentear uma vez por ano, no seu aniversário, os demais serão apenas mimos.

Sou eu, é você, somos nós, juntos, que seguiremos até que, sem qualquer aviso, um dia entenderemos o quanto é e foi importante o dia 10 de dezembro.

Te amo, me ame.

10/06/22

POSFÁCIO

"A decência, a segurança e a liberdade exigem que os funcionários do governo sejam submetidos às mesmas regras de conduta que são ordens para o cidadão. Em um governo de leis, a existência do governo estará em perigo se não observar escrupulosamente a lei. Nosso governo é o professor poderoso e onipresente. Para o bem ou para o mal, ensina todo o povo pelo seu exemplo. O crime é contagioso. Se o governo se torna um infrator da lei, gera desprezo pela lei; convida todo homem a se tornar uma lei para si mesmo; convida à anarquia"[32].

34. O voo do besouro – o fim que não foi desejado!

O dia era de muitas alegrias e atividades, véspera da grande festa.

A floresta estava muito movimentada, todos cuidando de suas obrigações.

Todos os habitantes da floresta participam de alguma forma para que a festa seja um sucesso, a melhor festa do ano é essa, de junho.

---

[32] **Justice Brandeis, em Olmstead v. Estados Unidos, 277 U.S. 438, 485 (1928)**

O besouro mais planeja e orienta do que trabalha – na verdade ele é o grande consultor de todos, não lhe sobra muito tempo para "colocar a mão na massa".

Já a borboleta, com sua alegria natural ajuda de toda forma, vai de um lado ao outro, colabora com todos, cria alguns arranjos espalhando pelo grande palco, centro da praça principal, onde a maior parte das atividades acontecem.

Ao fim do dia, tudo ficou bem arrumado, caprichado, todos se esmeraram muito para que a grande festa seja um sucesso – cada ano eles vão aprimorando e melhorando – sempre tem novidades.

No dia seguinte, todos acordariam bem cedo, aqueles que conseguissem dormir, pois a ansiedade é grande para a grande comemoração.

O besouro, nessa noite pouco descansou.

Uma preocupação não lhe dava sossego, ficava batendo em sua cabeça – até quanto e quando deveria sustentar todos os seus sentimentos e desejos?

Noite adentro, ele, sentado em sua poltrona, observava a passagem da lua cheia, sua companheira de muitas noites, relembra os encontros, os passeios, a convivência com a borboleta nos últimos tempos, sempre se deram bem.

Ele sempre demonstrou um carinho muito grande em cuidados com ela, em presenteá-la, quer em datas especiais, quer em qualquer dia, alguns presentes, mimos, lembranças, todos escolhido com muito amor – sua felicidade sempre foi a alegria e sorriso dela.

Até no Dia dos Namorados ele arrumou um jeito de presenteá-la, sem a constranger.

Inventou uma desculpa, ela certamente não acreditou, mas agradeceu a bela pulseira, comprada com amor e que, as cores, refletiam a alegria dela pela vida.

Os dias em que se viam, se encontravam, foram dias de felicidade, apenas por estar em sua companhia – ele nunca pensou em ultrapassar a linha divisória entre uma amizade e um romance – ele a preservava, não iria machucá-la em seus sentimos, jamais - foram assim, dias, meses, e ele feliz por tê-la por perto, quando possível.

Mas nesse dia, em que pese a grande festa em preparação, seu dia foi diferente, não como planejado.

Seu coração o judiava – siga em frente – sua realidade o impelia a pôr um fim naquilo tudo, o final não seria o quanto planejado e querido.

As horas passavam e ele não conseguiu ir dormir – a preocupação era maior que sua necessidade por sono – até desejava sonhar, quem sabe ele viveria em sonhos seus desejos, mas não pregou os olhos.

O dia já ia amanhecendo, os primeiros raios de sol cruzavam a floresta, ainda em total calmaria, longe do que estava por vir.

Depois de ler e reler todas as suas "Cartas de Amor", escritas e endereçadas para a borboleta, ele não conseguia se decidir.

Entre a dor e o sofrimento, não se decidia.

Ele sempre se alegrou em colocar guaraná na geladeira, ela adora – ele não deixava faltar.

Seus mimos, ele sabia, a alegravam – como parar?

Mais algum tempo e a festa logo se iniciaria, todos chegariam felizes para as comemorações, as surpresas programadas, as alegrias das barracas, dos doces, das danças típicas – todos estariam se divertindo, e ele sabia, sua amada borboleta estaria entre todos, distribuindo seu sorriso de meninice, estariam todos aproveitando.

Enfim, com os primeiros convidados já chegando e chamando a todos, ele tinha que definir – ficar e sofrer ou partir e sentir a dor.

Ninguém poderia lhe ajudar, ele sabia - a única que poderia, não demonstrava, ao mesmo claramente, sua disposição em mudar tudo para viver um final "feliz".

Como ele imaginou em **"O besouro e a borboleta - PARTE III – O início",** com um final que deveria ser ideal e feliz, mas não aconteceria – ele sabia, ou imaginou naquele momento – e decidiu:

Melhor sem comunicar a ninguém, sem aviso, sem que ninguém notasse, o besouro resolveu voar, saiu antes do início da grande festa.

Voar não era sua melhor qualidade, mas sabia que precisava, naquele instante, usar de todos os seus "truques" para voar, ir ao longe, distanciar-se, quase fugindo de seu mais provável sofrimento.

Seu voo não é uma composição clássica, mas mesmo desengonçado, vai se distanciando, a floresta ficando para trás, suas lembranças e seus sentimentos ficando preservados e perdidos na floresta, não quis levá-los consigo

Ele se refaria, se reencontraria consigo mesmo, e num voo esquisito e bêbado, foi se distanciando da floresta, os primeiros sons da festa iam ficando mais distantes, até quase inaudíveis.

A distância aumentando o estava judiando, maltratando, ele não queria a distância separando-o de sua borboleta, mas foi inevitável – foi a solução encontrada.

Ele imaginava a borboleta se divertindo, dançando, cantando, voando de cá pra lá, de lá pra cá, distribuindo sua alegria – e ela não percebeu que o besouro havia voado, e já ia distante.

Menos ainda que ele não voltaria, pelo menos não naqueles dias.

Foi o voo do besouro, foi o fim não desejado.
16/06/22

Esta é uma obra de ficção, qualquer semelhança com pessoas ou fatos é mera coincidência.

35. A maior conquista do homem.

"A DEFESA NÃO QUER O PANEGÍRICO DA CULPA OU DO CULPADO, ELA CONSISTE EM SER, AO LADO DO ACUSADO, INOCENTE OU CRIMINOSO, A VOZ DE SEUS DIREITOS LEGAIS"[33].

O homem chegou à lua, *"pequeno passo para o homem, grande salto para a humanidade"*

O homem dominou o fogo, grande descoberta

O homem, descobriu a roda, a humanidade prosperou

O homem sábio pesquisou e desenvolveu a penicilina, criou a vacina, grande progresso para a saúde do homem.

Ele atravessou os sete mare, antes da idade média, um salto para o progresso e para o comércio dos homens.

---

[33] Barbosa, Rui de oliveira. Oração aos moços & o dever do advogado. EDJUR/SP. Ed. 2016.

O homem, fez grandes descobertas de novos continentes, novos povos, novas terras, aproximou a humanidade.

Ele enviou sonda à Marte, fotografou sua superfície, colheu amostras, a ciência ganhou com isso.

O homem viu o filho de Deus, que desceu dos céus para salvar a humanidade e o crucificou.

O homem desenvolveu a escrita, a impressão gráfica, e todo conhecimento passou a ficar à disposição para as gerações presentes e futuras.

Ele criou a guerra, a conquista de povos, que, em que pese totalmente reprovável, demonstrou sua face má.

Ele pesquisou e descobriu o genoma humano, o DNA, identificando com sucesso a origem do próprio homem.

O homem pintou e esculpiu grandes obras de artes.

O homem compôs músicas eternas, alegria dos homens e de seus pares.

O homem habitou o paraíso e dele foi expulso pelo pecado original.

O homem fez grandes conquista e ainda está, dia a dia, conquistando.

O homem escreveu grandes obras literárias que retratam e ensinam muitas lições.

E, apesar do todo exposto, apesar de todas as conquistas, apesar do todo conhecimento do homem amealhado nos últimos séculos, o homem chega em 2022 sem entender, sem saber, sem conhecer, sem plano, sem estratégia para conquistar uma mulher.

Essa conclusão é óbvia, é certa, é indiscutível – o homem não conhece a mulher, seus desejos, seus pensamentos, suas conclusões, suas entranhas.

Friso: O homem não conquista (e nunca conquistará) uma mulher – se ele tiver sorte, se for abençoado, se tiver merecimento e contar com a ajuda dos céus, a mulher o escolherá – bendito o escolhido!

01/07/22

36. Ele tinha que nascer

"Amor é bondade. Ou, melhor, é manifestação da bondade. E a bondade é a mais alta qualidade do ser humano. É sua virtude suprema. Mais importante do que o raciocínio, mas necessária do que a ciência. Nada existe no homem de mais precioso, de mais fecundo e construtivo, do que sua bondade e seu amor."
Goffredo Telles Jr.

Ele nasceu sem conhecer seu passado.

Ainda seria cedo para conhecer, mas um dia ele entenderá e conhecerá seu destino.

Veio ao mundo pelo amor que foi concebido por um encontro pré-marcado.

Ele nasceu, seu destino ainda não sabido, mas sua geração foi bem entendida por ele, foi desejada.

Eles tiveram pouco tempo, mas foi o suficiente para deixar, entregar ao mundo uma vida que mudaria tudo.

Sua mãe está feliz, mas não tem o conhecimento que o pai dele tinha.

Por algum motivo, ele sabia que deixaria esse filho, legado ao mundo para uma vida para grandes mudanças, na vida de sua mãe, de seus irmãos, de seus avós e de todos à sua volta.

Ele veio ao mundo, pouco conheceu seu pai, mas o suficiente será de seu conhecimento com o tempo.

Ele nasceu e vai ter uma vida especial.

Sua mãe o acompanhará sempre, falando de seu pai, de como viveram, por pouco tempo, mas o suficiente para trazê-lo ao mundo.

A superação do pai vai impulsioná-lo para cumprir seu destino, sua missão de transformar o mundo ao seu redor, fazê-lo melhor.

Seu pai, de longe estará a protege-lo, ele e sua amada mãe.

Não terá seu pai ao seu lado por muito tempo, mas ele estará bem presente, sempre, cuidando dos dois, filho e mãe, filho e grande amor de sua vida, filho e ela, querida de sempre, amada há tempos, um amor sem fim, que renasceu, que foi intenso enquanto viveram.

Ele vai crescer, com sua mãe sabendo que eles estarão bem, sem o pai presente, mas com sua proteção.

Seus pais viveram um amor especial, e deste amor veio ao mundo o fruto que era necessário para completar o destino.

Ele veio ao mundo, nasceu e completará um ciclo, iniciado por seus pais, pelo amor esperado e vivido.

De um grande amor, veio ao mundo ele, que seguirá com sua mãe, cuidado na ausência do pai, que os cuidará, acompanhará e os aguardará para o encontro marcado.

Ele teria que vir ao mundo, confirmar a relação de amor de seus pais, que se amaram como nunca se sabiam poder amar.

E assim, quando do encontro marcado, no primeiro sábado, em baixo da árvore da vida, estarão reunidos, comemorando, que seus destinos estavam traçados e que foi cumprido, por eles, com eles e por eles.

O amor tem seus segredos, seus encontros e reencontros, e gera frutos.

Filho, entenderá, não se apresse em saber – tudo lhe será revelado, no tempo certo.

Amo vocês e estarei sempre.

28/08/22

Para você, que se viu aqui cantada!

Que posso fazer, né?

O amor não escolhemos, somos escolhidos, atingidos e ele só nos faz bem – tenha certeza!

Você me trouxe felicidade!

11/07/22

Carlos Eduardo Gomes *Ribeiro*, natural de São Paulo, capital, 06/05/1955, administrador de empresas (1973/76), empregado na área privada (1981/88), empresário (1988/96), empregado na área privada (1996/98), Estágio na Defensoria Pública (2013/15, faculdade de direito (2010/2014) e advogado (2015/22).